Cautivos del destino
Katherine Garbera

Editado por Harlequin Ibérica.
Una división de HarperCollins Ibérica, S.A.
Núñez de Balboa, 56
28001 Madrid

I.S.B.N.: 978-84-9188-245-9
Depósito legal: M-19494-2018
Impresión en CPI (Barcelona)
Fecha impresion para Argentina: 12.2.19
Distribuidor exclusivo para España: LOGISTA
Distribuidor para México: Distibuidora Intermex, S.A. de C.V.
Distribuidores para Argentina: Interior, DGP, S.A. Alvarado 2118.
Cap. Fed./Buenos Aires y Gran Buenos Aires, VACCARO HNOS.

Capítulo Uno

Allan McKinney parecía un actor de Hollywood con su cuerpo esbelto, hecho para el pecado, el estiloso corte de su pelo castaño oscuro y sus penetrantes ojos grises, capaces de hacer que una mujer se olvidara de pensar. Pero Jessi sabía que era el demonio disfrazado.

Era un mal tipo y siempre lo había sido. Conociéndolo como lo conocía, no se imaginaba que se hubiera acercado a su mesa de Little Bar, en la zona de Wilshire/La Brea de los Ángeles, por otra razón que no fuera pavonearse de su última victoria.

Solo habían pasado tres semanas desde que él, junto a sus vengativos primos de Playtone Games, se hubieran hecho con la compañía de su familia, como colofón a la rivalidad de toda una vida.

Acababan de salir de una reunión en Playtone Games en la que había hecho una propuesta para salvar su puesto. Lo más humillante de aquella fusión empresarial era arrastrarse a los pies de Allan. Era una buena directora de marketing, pero en vez de poder continuar en su puesto y sacar adelante el trabajo, tenía que ir una vez en semana a la ciudad desde Malibú y demostrarle a los Montrose que se estaba ganando su sueldo.

Allan se sentó en el taburete de al lado rozando con sus largas piernas las suyas. Se comportaba como si fuera el dueño no solo de aquel lugar, sino del mundo entero.

Eran las cinco de la tarde y el bar empezaba a llenarse de gente que acababa de salir de trabajar. Allí era una persona anónima y podía relajarse, pero con Allan a su lado interrumpiendo su momento de paz iba a ser imposible.

—¿Has venido para restregármelo por las narices? —preguntó ella.

Era lo que se esperaba del hombre que pretendía ser y con el que se había enzarzado en una competición desde que se habían conocido.

—Es algo muy de los Montrose McKinney.

Su padre siempre había advertido a sus hijas de que evitaran a los nietos de Thomas Montrose debido a las malas relaciones entre ambas familias. Había seguido su consejo, pero antes incluso de la compra de la compañía, no le había quedado más remedio que tratar con Allan cuando su mejor amiga, Patti, se había enamorado y luego casado con su mejor amigo.

—No exactamente. He venido a hacerte una oferta —dijo.

Luego, le hizo una seña a la camarera y le pidió un whisky.

—Gracias, pero no necesito tu ayuda.

Allan se pasó la mano por el pelo, entornó los ojos y le dirigió una mirada que la obligó a enderezarse en su asiento.

—¿Te diviertes provocándome?

—Más o menos –respondió ella.

Disfrutaba discutiendo con él y llevando la cuenta de quién ganaba y quién perdía.

—¿Por qué? –preguntó Allan, sacando su teléfono y colocándolo en la mesa.

Bajó la vista a la pantalla antes de volver a mirarla.

—Estar pendiente del teléfono y no de la persona con la que estás es una de las razones – respondió ella.

Le molestaba que la gente hiciera eso, y más aún si el que lo hacía era Allan.

—Además –añadió Jessi–, me gusta ver cómo se resquebraja tu fachada perfecta cuando no puedes ocultar al verdadero Allan.

La camarera le trajo la bebida y él se echó hacia delante apoyándose sobre los codos. La mujer era atractiva y llevaba unas gafas negras que eran claramente una declaración de personalidad y que combinaban muy bien con su corte de pelo. Allan le sonrió y la camarera se sonrojó. Jessi puso los ojos en blanco.

—¿Qué he hecho para que me odies tanto? –dijo Allan, volviéndose hacia ella cuando la camarera se fue.

—¿Qué más te da?

—Estoy cansado de discutir siempre contigo. Por cierto, eso me recuerda la razón por la que quería hablar contigo.

—¿De qué se trata?

—Me gustaría comprar tus acciones de Infinity Games. Ahora valen mucho, y ambos sabemos que no estás dispuesta a trabajar para mi primo Kell ni para mí. Te haré una buena oferta.

Jessi se quedó sorprendida, tratando de asimilar sus palabras. ¿Acaso pensaba que el legado de su familia no significaba nada para ella? Cada vez que pensaba en lo mucho que habían trabajado su padre y su abuelo… No, de ninguna manera iba a vender, y mucho menos a un Montrose.

—Ni hablar, antes las regalaría que vendértelas a ti.

Él se encogió de hombros.

—Creo que es una buena idea que nos puede salvar a todos de muchos quebraderos de cabeza. No pareces muy interesada en trabajar para la compañía resultante de la fusión.

—No voy a vender –dijo una vez más, por si acaso se estaba haciendo a la idea de que se ablandaría–. Tengo pensado mantener mi puesto de trabajo y hacer que tus primos y tú os traguéis vuestras palabras.

—¿Qué palabras?

—Que Emma y yo somos prescindibles.

Su hermana mayor y ella todavía tenían que demostrar su valía si querían conservar sus puestos de trabajo. Aunque eran accionistas y siempre serían propietarias de un porcentaje en la compañía, sus empleos estaban en la cuerda floja. Su hermana pequeña, Cari, se las había visto negras con los primos Montrose, y había acabado manteniendo su puesto y enamorándose de uno de ellos.

Declan Montrose se había comprometido con ella. Había llegado a Infinity Games tres meses antes para ocuparse de la fusión de las compañías, lo que conllevaba despedirlas. Pero Cari le había dado la vuelta a la tortilla revelándole que era el padre de su hijo de nueve meses fruto de la breve aventura que habían tenido. Aquello había sido una gran sorpresa para todos. Al final, Dec y ella se habían enamorado y Cari se las había arreglado para salvar su puesto en Playtone–Infinity Games.

–No iba a negarlo –dijo Allan–. La situación de Emma y tuya es diferente a la de Cari. Cuando compartió con Dec y conmigo su fórmula para salvar al personal de Infinity Games, se mostró dispuesta a escuchar nuestras ideas.

Aquellas palabras le dolieron, aunque no podía negar que eran ciertas. Cari era conocida por ser la hermana cariñosa, y Jessi, bueno, siempre había sido la rebelde, la manipuladora. Pero eso no significaba que no tuviera sentimientos. Quería que la empresa de videojuegos legado de su familia prosperara. Después de todo, Gregory Chandler había sido pionero en la industria durante los años setenta y ochenta.

–Tengo algunas ideas en las que he estado trabajando.

–Cuéntamelas –le incitó Allan, mirando de nuevo su teléfono.

–¿Para qué? –preguntó ella.

–Para ver si eres sincera acerca de mantener tu posición. No más ideas tontas, como tener personajes de los juegos en los centros comerciales. Eres la directora de marketing y esperamos más de ti.

—No son… Bueno, tal vez sí sean un poco tontas.

—¿Qué más tienes en mente? Eres demasiado inteligente para no tener una buena idea —dijo él, mirándola con sus ojos penetrantes.

—¿Es eso un cumplido?

—No te hagas la sorprendida. Eres muy buena en tu trabajo y ambos lo sabemos. Cuéntame, Jessi.

Jessi se quedó pensativa. Era buena en lo que hacía, y nunca había dudado tanto como en aquel momento. Era como si hubiera sido vapuleada.

—Yo no… ¿Qué puedes hacer?

—Decidir si merece la pena que pierda el tiempo contigo.

—¿Por qué?

—Nuestros mejores amigos están casados y somos los padrinos de su hija. No puedo dejar que Kell te despida sin al menos ofrecerte mi ayuda. Patti y John nunca me lo perdonarían.

—Entonces, ¿por qué quieres comprar mis acciones?

—Porque eso resolvería el problema y ambos saldríamos bien parados.

—Cierto, pero eso no va a pasar.

Jessi se frotó la nuca. No le gustaba nada aquella fusión, pero tampoco le agradaba la idea de ser despedida.

—No creas que voy a dejarme impresionar por tu cuenta bancaria —añadió.

Él se encogió de hombros ante su comentario y por un momento se quedó pensativo.

—Te molestó que enviara mi avión a recogerte a ti y a Patti la primera vez que nos vimos, ¿verdad? —preguntó, y echó una furtiva mirada a su teléfono antes de volver su atención a ella.

Jessi dio un sorbo a su gin tonic.

—Sí. Te estabas tomando demasiadas molestias. Quiero decir que ofrecernos tu avión privado para volar a París… Me pareció demasiado presuntuoso.

—Tal vez solo quería que Patti tuviera una proposición de matrimonio que nunca olvidara. Tú y yo sabemos que John no gana lo que gano yo. Solo estaba ayudando a mi amigo.

—Lo sé. Fue romántico. Admito que no me comporté como debería… Creo que a veces puedo ser un poco impertinente.

—Bueno, desde luego que aquel fin de semana lo fuiste —dijo él.

Al inclinarse hacia ella percibió el olor de su loción de afeitado. Cerró los ojos unos segundos. Como dejara de considerarlo un adversario, una parte de ella iba a sentirse atraída por él. Era la única persona con la que podía enfrentarse cara a cara y seguir dirigiéndole la palabra al día siguiente. Se daba cuenta de que para ella era importante ganar y no se enfadaba si lo hacía. Por su parte, él disfrutaba desquitándose, y eso le gustaba tanto como le irritaba.

—Pero eso forma parte ya del pasado. Trabajemos juntos. Creo que probablemente Emma y tú podéis aportar mucho en la nueva compañía.

—¿Probablemente? —repitió Jessi, y dio otro sorbo a su bebida antes de continuar–. Está bien, me he enterado de que van a estrenar tres películas de acción el próximo verano. Es el tipo de juegos que solemos desarrollar, y tendríamos tiempo suficiente para lanzar un juego realmente bueno.

Teniendo en cuenta que la compañía resultado de la fusión se dedicaba no solo a desarrollar videojuegos para consolas como Xbox y PlayStation, sino también a crear aplicaciones para teléfonos y tabletas, lanzar juegos basados en películas era una buena idea. Infinity Games nunca había seguido esa línea de negocio antes, pero desde la toma de control, Jessi y sus hermanas habían estado considerando nuevas posibilidades.

–Es una gran idea. Tengo algunos contactos en la industria del cine, si quieres que recurra a ellos –dijo Allan.

–¿De veras?

–Sí, mi prioridad es ayudarte.

–¿Ah, sí? –preguntó burlona.

–Soy el director financiero, Jessi. Todo lo que tenga que ver con la cuenta de resultados, me atañe.

–Por supuesto.

Tenía un dilema. Por un lado, quería aceptar su ayuda, pero no podía olvidar que se trataba de Allan McKinney, y no confiaba en él. No había podido averiguar demasiado del investigador privado al que había encargado un informe sobre John en cuanto Patti lo había conocido. Lo que el detective le había contado sobre Allan era demasiado bueno para ser verdad. Nadie tenía una vida tan feliz y despreocupada como la que habían descubierto indagando en su pasado. Todo era demasiado perfecto. Les había dado la impresión de que ocultaba algo, pero tampoco le habían dado importancia en su momento, puesto que era a John McCoy al que habían estado investigando.

Tal vez Jessi debería pedirle a Orly, el investigador privado, que empezara a indagar de nuevo. En relación a Allan, habían encontrado pocas pistas y muchas puertas cerradas la primera vez. Teniendo en cuenta lo que había pasado entre Playtone e Infinity, y que recientemente había hecho investigar a Dec, el primo de Allan, quizá había llegado el momento de pedirle a Orly que averiguara más sobre Allan.

—Por supuesto que me encantaría que me ayudaras —dijo Jessi.

—Adivino cierto sarcasmo en tu voz —comentó Allan, volviendo a mirar su teléfono una vez más.

—No creas que no me esfuerzo.

—Discúlpame un momento. No para de llamarme un número desconocido.

Allan tomó el teléfono y contestó. Después de unos segundos, frunció el ceño y se dejó caer en el respaldo de su asiento.

—Oh, Dios mío, no.

—¿Qué? —preguntó ella.

Tomó su bolso y empezó a abrirlo, pero Allan la tomó de la mano para impedírselo.

Ella sacudió la cabeza, pero esperó mientras él atendía lo que le decían. Luego, palideció y se volvió, dándole la espalda.

–¿Cómo? –dijo él con voz áspera.

Jessi no podía apartar los ojos de él, que no paraba de negar con la cabeza.

–¿El bebé? –preguntó, y esperó–. De acuerdo, estaré ahí el viernes –dijo y, tras colgar se volvió hacia ella–. John y Patti han muerto.

Jessi quiso creer que mentía, pero estaba pálido y no se mostraba tan arrogante como de costumbre. Sacó su teléfono y vio que ella también había recibido varias llamadas.

–No puedo creerlo. ¿Estás seguro?

Jessi vio en su mirada perdida tanto dolor que supo que era cierto y se abrazó por la cintura.

Allan se había quedado muy impresionado. Había perdido a sus padres a una edad temprana, lo cual era uno de los motivos por los que John y él estaban tan unidos. Pero aquello… Era horrible que alguien con tanta vida por delante muriera tan joven.

Las manos de Jessi temblaban, y al mirarla, reconoció en su rostro lo mismo que él sentía en su interior. Aquella mujer tan fuerte y segura de sí misma parecía de repente menuda y frágil.

Se levantó y se acercó a ella, rodeándola por el hombro y atrayéndola hacia él. Ella se resistió un momento y finalmente hundió el rostro en su pecho. Al cabo de unos segundos, sintió la humedad cálida de sus lágrimas en la camisa.

Lloró en silencio, como era de esperar en alguien acostumbrado a mantener el control. Al centrarse en su dolor y en sus lágrimas, Allan pudo contener sus propios sentimientos. No quería vivir en un mundo sin su mejor amigo. John le aportaba equilibrio, le recordaba todas las razones por las cuales era bonito vivir.

–¿Cómo? –preguntó Jessi.

Se apartó de él, tomó una servilleta con la que se limpió la cara y luego se sonó la nariz.

Estaba compungida, con el rostro encendido por las lágrimas y respiraba entrecortadamente. Las lágrimas chocaban con su aspecto rebelde. Llevaba su versión de ropa de trabajo: una falda corta negra que terminaba en los muslos, una ajustada chaqueta verde con cremalleras brillantes y una camisola que revelaba la curva superior de sus pechos y un tatuaje.

Allan no podía hablar. Tenía el corazón encogido por el dolor. Pero al mirar aquellos cálidos ojos marrones, se dio cuenta de que debía sacar fuerzas.

–En un accidente de coche –respondió.

–Oh, Dios mío, ¿está bien Hannah?

–Sí. Ella no estaba con ellos. Otro conductor colisionó frontalmente con su coche cuando volvían de una reunión en la Cámara de Comercio.

–Vámonos de aquí.

Ella asintió. Era evidente que no estaba en condiciones de conducir, así que la llevó a su Jaguar. Después de ocupar el asiento del pasajero, Jessi se inclinó hacia delante, hundió el rostro entre las manos y sus hombros empezaron a sacudirse.

Nunca en la vida se había sentido tan impotente, y no le agradaba nada aquella sensación. Permaneció fuera del coche y sintió que las lagrimas ardían en sus ojos y las contuvo. Luego, rodeó el coche antes de meterse dentro.

Jessi estaba sentada en silencio a su lado, mirándolo con ojos llorosos y, por primera vez, vio a la mujer que se escondía bajo tanto desparpajo.

–¿Qué va a ser de Hannah ahora? La madre de Patti tiene alzheimer y no tiene más familia.

–No lo sé –admitió–. John tan solo un par de primos. Se nos ocurrirá algo.

–Tenemos que pensar –dijo ella encontrándose con su mirada–. Dios mío, no puedo creer que haya dicho eso.

–Yo tampoco, pero así tiene que ser.

–Cierto. Además, John y Patti querrían que hiciéramos esto juntos.

Aquella niña no conocería a sus padres, pero Allan estaba decidido a que hacer todo lo posible para que no creciera sola.

–Llamemos a su abogado y busquemos las respuestas –dijo, tomándola de la mano.

Jessi entrelazó los dedos con los suyos mientras Allan hacía la llamada.

–Soy Allan McKinney. ¿Le importa si le pongo en el manos libres? Estoy con Jessi Chandler, la madrina de Hannah.

–En absoluto –respondió el abogado, y Allan puso el teléfono en altavoz–. Soy Reggie Blythe, señorita Chandler, el abogado de los McCoy.

–Hola, señor Blythe. ¿Qué puede contarnos?

–Por favor, llámeme Reggie. No tengo todos los detalles sobre lo que sucedió, pero al parecer John y Patti volvían de una cena en la Cámara de Comercio y tuvieron un accidente. Hannah estaba en casa con su niñera… Emily Duchamp. Emily va a quedarse con el bebé esta noche. Hannah pasará mañana a un régimen de acogida temporal.

Jessi apretó con fuerza la mano de Allan.

–¿Hay alguna forma de mantener a Hannah en su casa?

–Lo cierto es que como padrinos, ustedes tienen ciertos derechos, pero deberán llegar aquí cuanto antes para evitar que la niña sea puesta bajo la tutela del Estado.

Allan sabía que John nunca hubiera permitido que algo así le ocurriera a Hannah. Tenían que evitarlo.

–Me parece que John tenía un primo que vivía cerca.

–No es buena idea tratar esto por teléfono. ¿Cuándo pueden estar en Carolina del Norte?

–En cuanto sea humanamente posible.

–Bien –dijo Reggie–. Mañana estaré todo el día en la oficina. Por favor, avísenme cuando lleguen.

–Eh…, no somos pareja –puntualizó Jessi.

–¿Ah, no? Como me llaman juntos y dados los términos de… Bueno, no importa. Ya lo resolveremos todo cuando lleguen a mi oficina.

–¿Por qué ha pensado que lo éramos? –preguntó Allan.

15

–John y Patti dejaron indicado en su testamento que querían que ambos tuvieran la tutela.

–Eso imaginábamos –dijo Jessi–. Podemos organizarnos.

–Para un juez –intervino Reggie–, la solución ideal es procurar al niño un hogar estable. Pero como digo, ya hablaremos de eso cuando lleguen aquí.

Cuando Allan desconectó la llamada, dejó caer la mano de Jessi, y ella lo miró como si le hubieran salido dos cabezas.

–Siempre estamos discutiendo entre nosotros.

–Cierto –convino él, antes de volver la cabeza.

Tenía mucho en que pensar. Le costaba asimilar todo aquello.

Su mejor amigo estaba muerto. Allan era un soltero empedernido que había sido nombrado cotutor de un bebé pequeño con la mujer del planeta que más lo sacaba de quicio. La miró de nuevo. Ella parecía tan disgustada como él, pero estaba convencido de que ambos harían todo lo posible para que la situación funcionara. No importaba que fueran enemigos. A partir de aquel momento, estaban unidos por una niña llamada Hannah.

–Tú y yo… –dijo ella.

–Y con el bebé, somos tres.

Capítulo Dos

Allan dejó a Jessi en su casa de Echo Park. Se la veía hundida, muy diferente a la mujer indomable que solía ser y a la que no sabía cómo tratar.

No se volvió ni se despidió al entrar en la casa. Tampoco lo esperaba. Suponía que en unos días volvería a ser la de siempre, pero no pudo evitar preguntarse si sería posible. Después de lo que había pasado, ¿cómo iban a volver a la normalidad?

Había tráfico intenso y tardó cuarenta minutos en llegar a su casa de Beverly Hills. Había comprado aquella mansión después de hacerse millonario con Playtone. Él mismo había construido la pérgola y el patio trasero con la ayuda de John. Al desviarse para tomar el camino de acceso, le asaltaron los recuerdos de la última visita de su amigo a California.

Allan apoyó la cabeza en el volante, pero de sus ojos no brotaron lágrimas. Se sentía frío y vacío. Acababa de morir la persona a la que más apreciaba.

Había querido mucho a sus padres. Los tres habían formado una familia muy unida. El abuelo de Allan había desheredado a su hija después de que se negara a casarse con el rico heredero que había elegido para ella y con cuyo dinero pretendía avivar su enemistad con los Chandler. Tras la muerte de su abuelo, Kell se había acercado a Allan para invitarle a formar parte de Playtone y así diera buen uso de su habilidad para las finanzas.

Su madre se había casado por amor y había llevado una vida discreta en el valle de Temecula, un mundo aparte a tan solo dos horas de Los Ángeles.

Oyó un golpe en la ventanilla de su Jaguar y, al levantar la vista, vio a su mayordomo, Michael Fawkes, junto al coche. El exboxeador de cincuenta y siete años había estado a su servicio desde que firmó el primer contrato multimillonario de Playtone. Fawkes era un gran tipo y se parecía un poco a Mickey Rourke.

–¿Está bien, señor?

Allan quitó las llaves y salió del coche.

–Sí, Fawkes, creo que sí. John McCoy ha muerto en un accidente de coche. Mañana vuelo a Outer Banks para ocuparme de los preparativos del entierro y hacerme cargo de su hija.

–Mis condolencias, señor. El señor McCoy era una buena persona –dijo Fawkes.

–Todo el mundo lo apreciaba.

–¿Quiere que lo acompañe?

–Sí, necesito que se encargue del alojamiento en Hatteras. Creo que deberíamos quedarnos en el hotel rural que tenían John y Patti. Deme un minuto –añadió, apartándose de Fawkes.

A aquellas horas le sería difícil a Jessi encontrar plaza en un vuelo a Carolina del Norte, y la ciudad a la que tenían que ir era pequeña. Se dio cuenta de que, al menos, debía proponerle viajar con él.

Era la única persona que se sentía como él. Por más que lo irritara y, aunque le fastidiara tener que admitirlo, la necesitaba. Le hacía sentir que no estaba solo ante la muerte de John.

–Por favor, incluya a la señorita Chandler en nuestros planes de viaje –dijo Allan.

–¿De veras? –preguntó Fawkes sorprendido.

El mayordomo se ponía nervioso casa vez que coincidía con Jessi.

–Sí, estaba con ella cuando me dieron la noticia. Está muy afectada.

Allan sacó del bolsillo su teléfono móvil y le escribió un mensaje.

Mañana, voy a ir en mi avión privado a Carolina del Norte. ¿Quieres venir conmigo?

Jessi contestó al momento.

Sí, te lo agradecería. ¿Crees que podríamos salir esta misma noche? He quedado con la funeraria mañana para preparar el entierro de Patti. Si nos vamos esta noche, podré hablar con ellos en persona.

Tenía pensado salir mañana, pero quizá sea mejor hacerlo esta noche. ¿Puedes estar lista en un par de horas?

Por supuesto. Hablaremos más tarde.

–Lo tendré todo listo –dijo Fawkes cuando supo el plan–. ¿A qué hora saldremos?

—En dos horas.

Dejó a su asistente y se dirigió a su estudio. Allí se sirvió un whisky, se sentó en una butaca y decidió que tenía que llamar a sus primos para contarles sus planes. Antes de que pudiera marcar el número, llamaron a la puerta.

—Adelante.

Kell y Dec entraron en la habitación. Estaban muy serios. Aunque John era su mejor amigo, sus primos también estaban muy apegados a él.

—Hemos venido en cuanto nos hemos enterado —dijo Dec.

—Gracias. Me voy esta noche. No creo que esté fuera más de una semana. Jessi viene conmigo, Kell. Creo que deberíamos modificar las fechas de los objetivos que le hemos asignado —propuso Allan.

Aunque fuera su rival, tenía que ayudarla en aquella ocasión. Compartía su dolor.

—Ya hablaremos de negocios más tarde. ¿Cuándo será el entierro?

—No lo sé. Tengo que hablar con la funeraria en cuanto lleguemos a Carolina del Norte. John solo tenía unos primos lejanos. No sé si tendrán pensado algo, ya hablaré con ellos cuando esté allí. Tal vez acabe teniendo que organizarlo todo. También hay que tener en cuenta a Patti. Sé que Jessi está organizando el suyo.

—Avísanos para ir —intervino Dec—. ¿Necesitas algo?

Allan negó con la cabeza. ¿Qué podía decir? Por una vez, se había quedado sin palabras.

—Estoy consternado –dijo por fin.

—Es lógico, pero recuerda que él también era nuestro amigo –afirmó Dec.

Allan reconoció un brillo especial en los ojos de su primo. El amor le había cambiado. Había dejado de ser un hombre distante.

—No sé cómo afrontar la situación, salvo haciéndome cargo de todo –admitió Allan.

—Es la única manera –dijo Kell–. Te dejaremos para que te ocupes.

Dec lo miró una última vez antes de salir detrás de Kell. Cuando sus primos se hubieron ido, Allan se dejó caer en el enorme sofá marrón. Se frotó los ojos con fuerza hasta que las lágrimas desaparecieron.

—¿Otro whisky, señor?

Allan dejó caer las manos y miró a su mayordomo. Fawkes estaba de pie, a su lado, con una copa en la mano.

—No, voy a hacer la maleta y a prepararme para salir al aeropuerto.

—Sí, señor –dijo Fawkes–. Ya me he encargado del alojamiento. También he consultado el pronóstico del tiempo. Puede que tengamos algún imprevisto. Hay una tormenta tropical formándose en el Atlántico y cabe la posibilidad de que se desplace hacia Carolina del Norte. Habrá que estar atentos.

—Gracias, Fawkes.

Allan salió del estudio y se obligó a concentrarse en todo lo que tenía que hacer. No había razón para que no pudiera superar la muerte de su mejor amigo de la misma manera que se ocupaba de todo lo demás. Se las arreglaría para mantener el control de la situación.

Por una vez, la lengua afilada de Jessi se había quedado muda ante el generoso ofrecimiento de Allan de llevarla en su avión privado hasta Outer Banks. O tal vez fuera que estaba aturdida de tanto hablar de entierros. En cuanto acabó de mandar mensajes, se volvió para dejar el teléfono en la mesa de la entrada y se quedó mirando una foto de Patti que tenía colgada de la pared.

No pudo evitar romper a llorar. Echaba de menos a Patti y las conversaciones que ya nunca tendrían. Deseaba descolgar el teléfono y llamarla, pero ya no lo podría hacer jamás.

Se dejó caer al suelo, se rodeó la cintura con los brazos y se quedó allí sentada, tratando de convencerse de que la noticia no era cierta. No podía imaginarse un mundo sin Patti. Sí, tenía a sus hermanas, pero su amiga era la persona que mejor la conocía.

Llamaron a la puerta y permaneció inmóvil con la mirada perdida. Luego se obligó a ponerse de pie y se secó la cara con la manga, antes de mirarse al espejo. «Tienes un aspecto lamentable. Sé fuerte, Jess, nadie soporta a la gente llorica».

—Ya voy —contestó, y se tomó unos segundos para limpiarse los churretes de maquillaje que las lágrimas habían dejado en su cara.

–Hemos venido en cuanto nos hemos enterado –dijo Emma nada más abrir la puerta.

Su hermana pequeña también estaba allí. Ambas habían ido acompañadas de sus hijos. Sam, el pequeño de tres años hijo de Emma, iba de la mano de su madre; y DJ, un precioso bebé de veintiún meses, dormía en brazos de Cari.

–No pensé que vendríais tan rápido –comentó Jessi.

–Dec se ha enterado por Allan –dijo Cari y, tras cruzar el umbral de la puerta, rodeó a su hermana con un brazo.

Jessi le devolvió el abrazo y Emma, después de cerrar la puerta, se unió a ellas.

De nuevo, se le llenaron los ojos de lágrimas, pero las contuvo. Aunque no le importaba venirse abajo con sus hermanas, no quería empezar a llorar de nuevo. Las lágrimas no iban a devolverle a Patti y John, no servían para nada.

–¿Qué podemos hacer? –preguntó Emma.

–No estoy segura. Tenemos que organizar el entierro y también está Hannah…

–¿Qué pasa con ella?

–Allan y yo somos sus padrinos. Accedí porque Patti me lo pidió, pero ya sabéis que no se me dan bien los niños. Es solo que…

Jessi se detuvo bruscamente. No quería reconocer que no tenía ni idea de qué hacer. Era la segunda vez en su vida que se sentía tan perdida.

Emma volvió a abrazarla y, por unos segundos, volvió a ser aquella niña que recurría a su hermana

23

mayor para que solucionara sus problemas. Se dejó reconfortar por su hermana antes de recuperar la compostura y apartarse.

—Estoy bien.

Cari parecía escéptica, pero era demasiado amable como para decir nada. Emma se quedó mirándola y finalmente Jessi se dio media vuelta y se dirigió a su dormitorio. Una de sus hermanas la estaba siguiendo, pero no sabía cuál. Si era Cari, no pasaba nada. Cualquier cosa que dijera le parecería bien y lo dejaría estar. Pero con Emma sería diferente. Había conocido el dolor con la pérdida de su joven marido, y no podría ocultarle sus verdaderos sentimientos.

—¿Qué bolso de viaje te vas a llevar? —preguntó Cari, entrando en la habitación con DJ.

Jessi suspiró aliviada.

—No sé cuánto tiempo estaremos fuera —dijo Jessi—. Tengo que mandarle un mensaje a Marcel, mi secretaria. Mi trabajo todavía pende de un hilo.

—Kell no puede ser tan cruel. Te dará más tiempo —afirmó Cari—. Hablaré con él.

Jessi asintió, aunque en aquel momento estaba demasiado aturdida como para preocuparse por eso. Patti había muerto, y eso era en lo único en lo que podía pensar.

—¿Qué te parece si me ocupo de hacerte la maleta? Ve y llama a Marcel. Déjalo todo resuelto antes de marcharte.

—Gracias, Cari.

Su guapa hermana rubia parecía estar a punto de llorar. Por unos segundos, mientras Jessi la observaba, sintió envidia de ella. Cari había pasado por momento difíciles, como dar a luz a su hijo después de haber sido abandonada por el padre, pero había sido capaz de sacar fuerzas y salir adelante. Era lo que Jessi necesitaba en aquel momento.

El trabajo no era para ella un consuelo, como lo había sido para Emma cuando su marido había muerto. Y la vida personal de Jessi… Sin Patti, no sabía qué iba a hacer.

Salió de la habitación, pero no se dirigió al salón, en donde Emma se había quedado con Sam y DJ. Después de detenerse unos segundos a ver qué hacían, se fue a su estudio.

Estaba decorado con muebles modernos de colores intensos. Se sentó a su mesa, encendió el ordenador portátil y empezó a enviar correos electrónicos.

Mientras el programa descargaba los nuevos mensajes y los iba clasificando en las diferentes carpetas, vio uno nuevo con el nombre de Patti. Empezó a llorar. Aquel era el último mensaje de Patti.

Volvió la atención a la pantalla del ordenador, colocó el cursor sobre la carpeta y sintió miedo de abrirla. Respiró hondo, hizo clic con el ratón y leyó el mensaje:

Estoy deseando que nos veamos en quince días. Aquí te mando una foto de Hannah. Le está saliendo su primer diente. Así que, querida madrina, como dice mi tía abuela Bertheque, es tradición, vas a tener que comprarle un par de zapatos nuevos. Espero que todo esté bien en el trabajo. Estoy segura de que serás capaz de resolver lo que sea. Llámame luego.

Cuídate,

Patti

Un primer plano de Hannah aparecía al final de la pantalla. Tenía el puño en la boca, había baba en sus labios y miraba con los mismos ojos de Patti. Sintió que el corazón se le encogía y el estómago se le revolvió al reparar en que su querida amiga no vería nunca aquel primer diente.

Apoyó la cabeza en la mesa y rompió a llorar.

Después de que el avión despegara, Allan observó a Jessi ponerse los auriculares y volverse hacia la ventanilla. Era obvio que no se encontraba bien. La mujer que tanto solía irritarlo estaba apagada. Era una sombra de lo que solía ser. A través del reflejo del cristal, la vio secarse una lágrima.

Su vida privada era asunto suyo y tenía derecho a estar triste. De hecho, entendía muy bien cómo se sentía, pero deseaba pincharla, obligarla a salir de su ensimismamiento para que lo irritara y así poder olvidar. Lo último que quería era pasarse todo el vuelo, mientras cruzaban el país de un extremo al otro a solas con sus pensamientos.

No podía dejar de dar vueltas al hecho de que un soltero empedernido como él estuviera vivo mientras que un joven padre de familia, con toda la vida por delante, acabara de morir.

Allan miró a su alrededor en la cabina. Había comprado aquel avión cuando Playtone había firmado su primer contrato multimillonario. Si había algo de lo que disfrutaba en la vida era de las comodidades. Los asientos de cuero blanco eran lo suficientemente amplios como para que estirara sus casi dos metros de altura. Al hacerlo, empujó deliberadamente el bolso de marca de Jessi.

Ella lo miró arqueando una ceja y, sin quitarse los auriculares, volvió a dejar el bolso en su sitio. Luego, se recostó en el asiento y un mechón de su pelo negro cayó sobre sus ojos. Había acariciado su cabello en una ocasión. Era suave y sedoso. Lo había enredado en su dedo al besarla en la boda de John y Patti, junto a la balaustrada, lejos de miradas indiscretas.

Como todo lo que pasaba entre ellos, había pretendido que aquel beso fuera una muestra de superioridad, pero no había funcionado. Lo había sacudido hasta la médula, porque habían saltado chispas. ¿Cómo era posible que su archienemiga lo excitara como ninguna otra mujer?

Allan volvió a empujar el bolso y esta vez Jessi se quitó los auriculares.

—¿Qué problema tienes? —preguntó ella.

—No acabo de encontrar postura.

Se fijó en los otros seis asientos vacíos.

—¿De veras? Creo que tienes sitio suficiente para estirarte sin tener que incordiarme. Así que, ¿qué te pasa?

—Quizá quiera incordiarte.

–Sí, ya veo que es lo que pretendes. ¿Qué ocurre, Allan, por fin has encontrado algo que tu dinero no puede comprar?

–Y según tú, ¿qué es lo que el dinero no puede comprar? –preguntó él.

Por experiencia sabía que había pocas cosas que no pudieran comprarse con dinero. Por supuesto que no podría devolverle la vida a John. ¿Acaso no lo había aprendido de pequeño, cuando su madre había muerto víctima de un error durante una operación?

–La tranquilidad del alma –contestó Jessi, girando su butaca para mirarlo.

Luego, se echó hacia delante y su blusa se ahuecó, ofreciéndole una bonita vista de su escote.

Dijo algo más, pero Allan tenía toda su atención puesta en su escote. Aunque vestía con aquel estilo roquero, siempre iba perfectamente conjuntada y muy femenina. No pudo evitar recordar el momento en que la había tenido entre sus brazos en la boda de John y Patti.

«Maldita sea, ya está bien. Esta mujer es el enemigo y es el dolor que sientes lo que te está haciendo verla irresistible».

–Tienes razón. Aun así, mi tranquilidad aumenta con las cosas que compro.

–A mí me pasa lo mismo –admitió ella.

–¿Qué te apetecería comprar ahora mismo?

Estaba pensando en comprarse una Harley Davidson, algo de lo que John y él habían hablado que harían cuando cumplieran treinta y cinco años.

Ahora que John había muerto, Allan no estaba dispuesto a esperar más. La vida era demasiado corta.

–Nada –respondió–. Me suelo dar el gusto de viajar y Patti era mi…

Volvió el asiento y se quedó mirando hacia delante.

–No hablar de ella no va a hacer que sea menos doloroso.

Jessi se encogió de hombros.

–Tienes razón. Quizá mañana pueda pensar con más coherencia, pero ahora mismo me resulta imposible.

–¿Por qué?

–¿En serio me lo preguntas?

–No quiero estar sentado en silencio las próximas horas. No dejo de pensar en John y en Patti, y en que la última vez que los vimos…

–Yo tampoco. Recuerdo como tú y yo estuvimos discutiendo, y Patti me pidió que nos lleváramos bien.

Se quedó callada y se volvió para secarse una lágrima.

–John me pidió lo mismo. Incluso me dijo que no estabas tan mal.

Ella sacudió la cabeza.

–Me caía bien. Era perfecto para Patti y la quería mucho.

–Desde luego que lo era.

John le hablaba mucho de Patti y era evidente que la adoraba. Allan nunca había sentido algo así por nadie, y le costaba creer que el amor existiera.

–¿Cómo que lo parecía? ¿Acaso no crees que la amaba? –preguntó Jessi.

–Él estaba convencido de que sí, pero no estoy seguro de que el amor exista. Es algo que nos hemos inventado para convencernos de que no estamos solos.

Ella giró el asiento y arqueó las cejas, echándose hacia delante.

–No me creo que puedas ser tan cínico.

Allan se encogió de hombros. No creía en eso que llamaban amor entre un hombre y una mujer. Había visto a gente hacer muchas cosas por amor, ninguna maravillosa ni extraordinaria. Por su experiencia, era un sentimiento interesado.

En especial desde que se había convertido en un hombre muy rico. Las mujeres caían rendidas a sus pies al instante y, como Jessi había señalado, sabía que no era precisamente porque fuera un tipo encantador. Le resultaba difícil confiar en ellas, aunque tenía que reconocer que nunca se había fiado de nadie.

–Sé que sales con muchas mujeres –dijo ella–. Si no creyeras en el amor, ¿por qué ibas a hacerlo?

–Por el sexo.

–Eso es un cliché típicamente masculino.

–¿Acaso no es tu comportamiento típicamente femenino? Es cierto que me gustan las mujeres por el sexo. Y también por la compañía. Me gusta tenerlas cerca, pero nunca me ha interesado el amor.

–Quizá porque eso supondría reconocer que sientes algo por alguien –sugirió ella.

—Soy capaz de hacerlo –replicó, pensando en su amistad con John y en su relación con sus primos–. ¿Y qué me dices de ti? No pareces una mujer muy romántica.

—No lo soy, pero yo sí creo en el amor. Ya en una ocasión me rompieron el corazón, así que puedo afirmar que el amor existe.

—¿Quién te rompió el corazón?

Era la primera vez en los cinco años que hacía que la conocía que le oía hablar de algo personal. Se sintió incapaz de apartar la vista de ella y de contener la oleada de emociones que lo recorría. ¿Quién le habría hecho daño y por qué le interesaba tanto?

—Un idiota –respondió ella.

Allan estuvo a punto de sonreír. Parecía más enfadada que dolida.

—Cuéntame más.

—No es asunto tuyo, Allan. Pero créeme, si alguna vez te muestras sincero en lugar de ir por ahí exhibiendo tu dinero y presumiendo de mujeres trofeo, encontrarás amor.

Lo dudaba.

—¿De veras lo crees? ¿Así fue para ti?

—No, era demasiado joven y confundí el deseo con el amor –repuso Jessi–. ¿Contento?

—No del todo. Si no has conocido el verdadero amor, ¿por qué estás tan convencida de que existe?

—Por John y Patti. Nunca he conocido a dos personas tan enamoradas. Y por mucho que me fastidie admitirlo, tu primo Dec parece estar muy enamorado de mi hermana.

—Rozan la cursilería con tantos besos y caricias.

Y así de fácil consiguió Jessi darle la vuelta a la tortilla y hacerle darse cuenta de lo que le estaba diciendo. John era una de las pocas personas a las que Allan había apreciado en su vida y habían sido amigos durante mucho tiempo, antes incluso de que Allan hiciera su fortuna y empezara a relacionarse con gente adinerada. No estaba dispuesto a admitir que Jessi tuviera razón, pero sabía que, en parte, así era.

Capítulo Tres

Después de aquella conversación, Jessi se dio la vuelta y Allan no hizo nada por impedírselo. Hablar de amor con Allan no era algo que a Jessi le interesara especialmente. Estaba escuchando música de NSYNC, un grupo que Patti y ella solían escuchar de adolescentes y cuyas canciones en ese momento la reconfortaban. Sin embargo, cuando oyó *Bye Bye Bye* estuvo a punto de llorar, así que se quitó los auriculares y se volvió hacia Allan.

Estaba paseando por el pasillo y hablando por teléfono. Le pareció oírle decir algo de Jack White. Jessi llevaba tiempo siguiéndole la pista al famoso director y productor de Hollywood, y estaba intentando concertar una reunión con él ese mismo mes para comentar la posibilidad de desarrollar algún videojuego basado en las películas que próximamente estrenaría. Sería una jugada maestra cerrar un acuerdo con Jack. De esa manera, aseguraría su puesto en Playtone–Infinity.

Allan la miró y la pilló observándolo.

–Te llamaré cuando aterricemos.

Colgó y se guardó el teléfono en el bolsillo.

–Ahora jugamos en el mismo equipo –dijo ella–. No tienes por qué ocultar tus asuntos.

—Estás a prueba –le recordó–. No creo que consigas superar los noventa días.

–¿De veras? Pues yo estoy convencida de que sí. ¿Acaso me conoces algún fracaso?

Allan giró la butaca de cuero de delante de ella y se sentó.

–No sin una buena pelea.

Ella sonrió. Se sentía como en los viejos tiempos. Por fin estaban encontrando la manera de volver a sus habituales discusiones, aunque tenía la sensación de que todo era muy forzado. Ella misma estaba intentando mostrarse normal, si bien en su interior estaba desolada.

–Cierto.

–Con todo lo que está pasando, no hemos tenido ocasión de hablar de mi oferta de comprar tus acciones –le recordó–. Todavía estoy dispuesto a hacerlo.

–Creí que ya lo habíamos hablado. Mi respuesta sigue siendo no. Siento si te he dado la impresión de que soy alguien que sale corriendo cuando las cosas se ponen difíciles.

–Está bien, de acuerdo. ¿Qué vas a hacer para convencer al comité de directores de Playtone para que te mantenga en tu cargo?

Aparte de llegar a un acuerdo con Jack White, posibilidad bastante remota, no tenía ni idea. Su futuro en la compañía resultante de la fusión todavía era incierto. Estaba harta de aquel enfrentamiento y empezaba a cuestionarse si de verdad le gustaban los videojuegos. Nunca lo admitiría ante nadie. Había algunos aspectos de la compañía que adoraba, aunque en aquel momento no era capaz de nombrar ninguno. Había habido tantas discusiones con los herederos Montrose que últimamente no disfrutaba yendo a trabajar.

–Estoy colaborando en el videojuego navideño que está desarrollando Cari. Se lanzará en dos semanas y mi equipo está trabajando para que sea un éxito.

A su hermana y al equipo de desarrollo se les había ocurrido la idea de un videojuego en el que los concursantes subían fotos de la decoración navideña de sus casas, para tratar de conseguir el mayor número de votos. El resultado se actualizaba todos los días. El juego se había creado a partir de otro que ya tenía la compañía, por lo que apenas había supuesto coste alguno y todo lo que obtuvieran serían beneficios. Esa idea era lo que había salvado el puesto de Cari.

–No está mal, pero eso no será suficiente para mantener tu puesto de trabajo.

Jessi deseó poder escabullirse de aquella situación por arte de magia. Bastante difícil era estar en aquella posición como para tener que dar con algo revolucionario que impresionara al comité directivo de Playtone. Haría falta mucho para conseguirlo. Kell, Dec y Allan odiaban a su abuelo y a Infinity Games por lo que le habían hecho al viejo Thomas Montrose, y estaban deseando que fracasara.

Contuvo un suspiro. Nunca permitiría que Allan se diera cuenta de su flaqueza.

–No voy a dejar que ganes. No me importa si tengo que trabajar día y noche cuando volvamos de la Costa Este. Eso es lo que voy a hacer.

Él esbozó aquella medio sonrisa tan arrogante.

–Confiaba en que no te dieras por vencida tan fácilmente. Me alegro de que estés dispuesta a luchar.

–¿De veras?

–Sí –dijo Allan–. Me gustan nuestras escaramuzas.

–¿Es así como consideras nuestros encuentros? –preguntó ella, recordando el beso que se habían dado.

Era una sensación extraña besar al enemigo y sentir cierta atracción al hacerlo.

–¿Estás pensando en la noche de la boda de Patti y John?

–Sí, creo que es la única noche que no hemos estado en guerra.

–Claro que lo estábamos, solo que nos distrajimos.

–Hasta que alguien más atractivo apareció –replicó Jessi, recordando haber visto a una de las damas de honor, Camille Bolls, saliendo a la mañana siguiente de la habitación de hotel de Allan.

–Nadie puede compararse a ti –dijo Allan sacudiendo la cabeza.

–Suelo mirarme en el espejo y sé que no soy una belleza al uso.

Hacía tiempo que se había decantado por un estilo y lo había hecho deliberadamente. La mayoría de la gente solo se fijaba en su aspecto roquero y la tomaban por una mujer dura. Esa había sido precisamente su intención cuando se había puesto un pendiente en la nariz y se había hecho un tatuaje en la clavícula, discreto y oculto bajo la ropa.

—No, pero aun así… Tienes algo que me impide apartar la vista.

—Debes de tener una voluntad de hierro porque no te cause ningún problema hacerlo.

Allan se echó hacia delante y apoyó los brazos en las rodillas. Su expresión era la más sincera que le había visto.

—Eso es porque no soy tonto. No debo permitir que creas que hay algo entre nosotros. Te aprovecharías de mí para conseguir lo que quisieras.

Ella se encogió de hombros. Sería divertido creer que tenía esa clase de poder sobre él.

—Menos mal que hace tiempo que dejé de creer en los cuentos de hadas.

—A veces no sé si debería enzarzarme en una discusión contigo o besarte.

—¿Besarme? Eso no nos llevó a ningún sitio la última vez.

—Eso fue porque me preocupaba que hubiera complicaciones, pero ahora que Playtone lleva la delantera sobre Infinity, no hay nada que me impida hacer lo que quiera.

—Excepto yo.

Se quedó mirándolo para medir su reacción y tuvo claro que se lo había tomado como un desafío. De repente, fue capaz de olvidar todo lo que había pasado ese día. Se olvidó del desastre que era su vida en ese momento y recordó que Allan McKinney era el único hombre que siempre había sido un digno adversario.

–Sí, excepto tú. Aunque tengo la sensación de que tú también quieres repetir aquel beso.

–Tengo la sensación de que te puede tu ego –dijo ella.

No quería que se diera cuenta de que estaba intrigada. Aunque nunca lo reconocería, había tenido más de una fantasía con él. No podía negar que durante el último año y medio había recordado aquel abrazo más veces de las que le hubiera gustado. Solía imaginárselo con el torso desnudo y, muchas veces, ambos estaban excitados. Pero aquel era un deseo muy íntimo y de ninguna manera iba a permitir que algo así saliera a la luz.

Parecía tan resuelta y a la vez tan inocente… ¿Qué le estaba pasando? ¿Tan aburrido estaba de la vida que solo le estimulaban los enfrentamientos con aquella mujer? Por mucho que se empeñara en negarlo, Había algo en Jessi que lo excitaba.

Estaban solos en el avión y así seguirían durante el resto del vuelo. Fawkes viajaba en la cabina como copiloto.

Antes de aquel día, Allan tenía a Jessi por una mujer con el corazón de acero. Siempre le había parecido fría y manipuladora hasta que había visto las grietas de su fachada. Incluso cuando había contratado a aquel detective para investigar a John antes de casarse con Patti, Allan se había dado cuenta de que lo había hecho por motivos sentimentales, porque le preocupaba su amiga. Nunca había sospechado que aquella mujer que tanto lo pinchaba pudiera ser tan tierna.

–Creo que podría llegar a convencerte para que pienses lo mismo que yo del sexo y te olvides del amor.

Necesitaba cambiar la dinámica entre ellos, volver a su habitual tira y afloja.

–Estás confiando demasiado en tu atractivo y en tu magnetismo sexual –dijo ella con una sonrisa irónica.

–¿Acaso quieres herir mi ego? –replicó Allan, llevándose la mano al pecho–. ¿Tratas de desmoralizarme?

–Algo así. ¿Está funcionando?

–No, sé que tengo esos encantos y muchos más.

Ella rio, de manera algo forzada en opinión de Allan, y se dio cuenta de que también estaba alterada. Quizá fuera porque aquella noche, durante la boda, había sentido algo por él, o tal vez por las muertes de John y Patti. No tenía ni idea y tampoco le importaba. Discutiendo con Jessi, se olvidaba de que su mejor amigo había muerto.

–Eres todo un personaje –dijo ella–. Qué pretendes con este juego. ¿Cómo piensas tentarme?

–Podría proponerte un desafío.

–¿De qué tipo?

Parecía intrigaba y se le ocurrió que tal vez ella también necesitaba una distracción al igual que él. Le gustaba hacer apuestas de los más variadas. De hecho, si no fuera tan… Bueno, si no fuera Jessi, seguramente le caería bien. Pero era Jessi, una Chandler, una mujer irascible, malhumorada y poco afectuosa.

–Uno que no querrás perder –contestó él.

–Te escucho.

–Apuesto a que te sientes atraída por mí y que no podrás contenerte mejor que yo si nos ponemos a prueba.

Era un riesgo calculado. Era la oportunidad de demostrarse a sí mismo que seguía teniendo un control férreo sobre su cuerpo y que sus destrezas sexuales seguían intactas. Porque había algo muy especial en Jessi, algo que no sabía muy bien cómo tratar.

–Claro que sí. ¿Y qué obtengo yo?

Se quedó pensativo unos segundos y se revolvió en su asiento. Solo la idea de besarla lo excitaba, así que estiró sus largas piernas delante de él para aliviar la tensión de su entrepierna.

–Si ganas, te ayudaré a mantener tu puesto de trabajo en Playtone–Infinity Games –dijo Allan por fin.

Un brillo asomó en sus ojos y la vio morderse el labio inferior. No sabía qué había dicho para causarle aquella reacción.

–¿Y si ganas?

–Me vendes tus acciones. Dejarías el mundo de los videojuegos convertida en una mujer muy rica.

–Si decides ayudarme, ¿me aseguras que no seré

despedida? –preguntó Jessi–. Porque no creo que a Kell le vaya a agradar demasiado cuando le digas que perdiste un concurso de besos conmigo y que por eso tenéis que mantenerme en la empresa.

–Oh, Jessi, no voy a perder –dijo Allan–. Pero en el caso de que eso ocurra, te facilitaré una lista de contactos. Tengo la impresión de que con esas conexiones serás imparable.

–Entonces, ¿por qué no me la facilitas sin más?

–Somos enemigos, ¿recuerdas? Desde el momento en que nos conocimos, sabíamos que yo era un Montrose y tú una Chandler.

–Cierto. La enemistad entre nuestras familias siempre estará ahí, ¿verdad? Incluso aunque Cari y Dec tengan un hijo y estén pensando en casarse, para ti prevalecerá ese enfrentamiento.

–Es difícil olvidarlo –admitió Allan–. Bueno, entonces, ¿trato hecho?

Se cruzó de brazos mientras se recostaba en el asiento y cruzó las piernas.

–¿Lo único que tengo que hacer para ganar es demostrar que un beso te afecta a ti más que a mí? –preguntó ella.

–Eso es. Ten en cuenta que en ciertos círculos soy conocido como un…

–¿Un bocazas de ego inconmensurable?

–Te vas a meter en problemas, Chandler.

–Solo si acepto el trato. Y teniendo en cuenta lo mucho que estás insistiendo para que acepte, yo diría que estoy destinada a ganar.

–Hay algo destinado a suceder –dijo Allan,

echándose hacia delante y apoyando las manos en los reposabrazos del asiento de Jessi–. Deja de provocarme y decídete.

–¿Te estoy provocando? –preguntó ella, acercándose a él con la cabeza ladeada mientras miraba fijamente su boca.

–Sabes que sí –dijo, ignorando el cosquilleo de sus labios.

–Bueno, entonces, no me queda más remedio que aceptar tu apuesta. Prepárate para perder, McKinney.

Jessi se acercó a él y se sentó a horcajadas sobre su regazo. Lentamente se inclinó hasta que sus labios rozaron los suyos. Su único pensamiento era acabar cuanto antes con aquello y ganar. Luego, ya solo tendría que preocuparse de mantener su empleo. Pero en cuanto su boca rozó la de él, algo cambió.

Se había convencido de que el recuerdo de lo que había pasado la noche de la boda era borroso o de que todo se había debido al champán. Pero en aquel momento, no había ninguna duda de que la atracción que sentía por él era real.

Sentía sus labios firmes y suaves. Había tomado la iniciativa y se aprovechó, pasándole la lengua por la unión de los labios. Al apartarse, sintió su mano en la cabeza, sujetándola para mantenerla donde estaba. Allan le pasó la lengua por los labios. Luego abrió la boca y sus lenguas se encontraron. Quiso jadear, pero se contuvo. No podía olvidar que aquello era una competición. De repente, le pareció una estupidez que el primer hombre que besaba en mucho tiempo estuviera jugando con ella.

Cerró los ojos y se deleitó con el abrazo de un hombre que la hacía desear sentirse una mujer y olvidarse de que era una Chandler.

Su boca era cálida y sabía bien, tan bien que deseó que aquel beso no terminara nunca. Cambió de postura para acercarse más, pero él mantuvo la distancia entre ellos. Corría el riesgo de perder la apuesta. No había previsto tener que luchar contra sus propios deseos mientras lo besaba.

Trató de pensar en el Allan que conocía para contener el deseo de sentir su fuerte pecho contra el suyo. Tenía que olvidar que lo había visto sin camisa tantas veces como para saber que tenía unos pectorales sólidos y unos abdominales definidos.

Estaba perdiendo el control y, con ello, la apuesta. Entonces, sintió el ligero movimiento de sus dedos en la nuca. Aquellas caricias la hicieron estremecerse. Era como si cada terminación nerviosa de su cuerpo latiera al ritmo de su corazón.

Jessi hundió las manos en su pelo y lo atrajo hacia ella. Luego, metió la lengua en su boca y lo obligó a aceptarla. Quería recordarle que era ella la que estaba al mando de la situación.

Pero entonces Allan respondió y Jessi se sintió de nuevo a la deriva. Se vio obligada a olvidarse de apuestas, enemistades y todo lo demás y a concentrarse en la manera en que le hacía desear que aquel beso no terminara nunca.

Ya no era una cuestión de conseguir el poder o la victoria. Lo estaba besando porque su sabor era adictivo. Nunca olvidaría aquel momento único. Lo sabía con certeza. La sensación de acariciar su pelo y sentir sus labios junto a los suyos, la manera en que su lengua se hundía en su boca y su olor la embriagaban.

Los sueños y deseos que hacía tiempo se había obligado a dejar de lado la asaltaron y vio la oportunidad de tener lo que siempre había deseado: un hombre que la hiciera sentirse deseada.

Tendría que dejar que Allan venciera. Tendría que mostrarse vulnerable ante él y reconocerlo.

Succionó su labio inferior y se lo mordió. Luego, le pasó suavemente la lengua por encima. Nunca habría pensado que fuera capaz de aquello. Pero cuando sintió que las manos de Allan se tensaban sobre su pelo y oyó que un gemido escapaba del fondo de su garganta, Jessi comprendió que no debería haberlo hecho.

Allan apartó los labios de los suyos. Ella abrió los ojos y, al encontrarse con su intensa mirada, lo que vio la hizo estremecerse. A pesar de que pretendía hacerle creer que para él no era más que la personificación del enemigo, lo que vio en sus pupilas dilatadas y en el rubor de sus mejillas decía algo completamente diferente.

A punto estuvo de maldecir en voz alta al darse cuenta de que ninguno saldría vencedor de aquello. No podía pasar por alto la verdad. Se sentía atraída por él. De hecho, lo único que deseaba era acurrucarse a su lado, olvidarse del mundo y reconfortarse entre sus brazos.

Si Allan no hubiera convertido aquello en un concurso y ella fuera una mujer a la que no le importara mostrar sus sentimientos, entonces apoyaría la cabeza en su hombro y reconocería que nunca antes se había sentido tan asustada y sola.

—Así que… —dijo él—. Ha sido más de lo esperado.

—Para mí también —admitió ella—. Creo que ambos hemos subestimado la atracción que hay entre nosotros.

—Yo desde luego que sí. En especial esta noche, yo… yo… Me ha gustado mucho besarte.

—A mí también, Allan. Creo que ya no eres mi archienemigo.

—Me alegro —dijo él—. Bueno, ¿y qué vamos a hacer al respecto? ¿Será consecuencia del dolor que nos ha causado la pérdida de nuestros amigos?

Ella se encogió de hombros. Por un lado, quería decir que sí y convencerse de que había sido la tragedia lo que los había unido. Pero sabía que sería mentira y no estaba dispuesta a engañarse a sí misma.

—No lo sé.

—Yo tampoco. Siempre he sido capaz de… Bueno, no importa. La pregunta es qué vamos a hacer al respecto.

Jessi no tenía respuestas. No había una solución

clara. La había sorprendido, demostrándole que era un hombre muy diferente a como había imaginado. Porque si hubiera sido una cuestión de ego, se habría apartado de ella, pero seguía sentado a su lado, tan perplejo como ella.

Capítulo Cuatro

Corría una brisa húmeda al bajarse del avión en el aeropuerto de Dare, en Manteo, Carolina del Norte. A diferencia de Los Ángeles, en donde todo era parte del desierto o había sido construido sobre este, Carolina del Norte estaba formada por pequeños pueblos rodeados de naturaleza salvaje.

El aire hizo que se le marcaran los pechos bajo la blusa, y Allan se quedó paralizado unos segundos por la belleza de Jessi.

–Gracias por traerme –dijo ella cortésmente, dando a entender que la tregua que habían alcanzado en el avión había terminado.

–De nada. Ha sido un vuelo agradable.

–Sí, no ha estado mal. Pensaba quedarme en el hotel de Patti y John.

–Fawkes se ha ocupado de organizarnos el alojamiento. El personal ha cancelado las reservas y el encargado me ha dicho que solo quedaban dos parejas que se iban hoy.

–Una cosa menos de la que preocuparse –dijo Jessi–. Estoy deseando hablar con el abogado y resolver todo lo que haga falta. No creo que la madre de Patti vaya a ser de mucha ayuda, teniendo en cuenta que está enferma.

Allan sabía que la madre de Patti, Amelia Pearson, tenía alzheimer, pero John le había pedido que no se lo contara a nadie porque Patti no quería que se supiera. Jessi se quedó cabizbaja unos segundos y Allan supuso que sería por la angustia de saber que la madre de su mejor amiga no se enteraría de su pérdida.

—En cuanto nos reunamos esta mañana con el abogado, sabremos más –dijo él.

—No entiendo por qué se vinieron a vivir aquí –comentó Jessi, paseando la vista por el aeropuerto–. Bueno, está bien por una temporada para alejarse del bullicio de Los Ángeles, pero… Yo no sería capaz de hacerlo. Vamos a tardar más de una hora en llegar a su casa en Hatteras.

—Sí, lo sé, y mi teléfono apenas tiene cobertura. Kell va a repudiarme si no le llamo.

Jessi sacó su teléfono del bolsillo y miró la pantalla.

—Yo sí tengo. ¿Quieres utilizar el mío?

Allan se quedó mirándola. Era un gesto conciliador admirable.

—Tengo su número grabado bajo el nombre de Darth, el Apestoso –dijo Jessi dándole el teléfono.

Allan se volvió para evitar que viera su sonrisa. Estaba deseando contárselo a Dec.

—Que no se entere. Odia *La guerra de las galaxias*.

—Esa es otra prueba más de que tu primo es un cíborg alienígena –comentó Jessi–. ¿Quieres que te deje a solas para que hables con él?

—Sí, si no te importa.

48

–Sin problema. Voy a ver si Fawkes ya ha conseguido el coche.

–Perfecto. ¿Vas a llamar a tus hermanas?

–A estas horas, no. Las dos tienen niños pequeños y estarán durmiendo. ¿Estás seguro de que Kell estará levantado a las cuatro de la madrugada?

–Sí, no suele dormir más de cuatro horas. Además, estará esperando mi llamada –respondió Allan.

–Ah, claro, se me olvidaba que es una especie de robot –bromeó mientras se iba.

Allan la vio alejarse, como había hecho otras veces, pero esta vez se quedó observando el movimiento de su cuerpo. El bamboleo de sus caderas con aquel ajustado pantalón de cuero, sus piernas kilométricas con aquellas botas de tacón…

Le atraía como mujer y, a pesar del caos de su interior, verla caminar era como un bálsamo. Le hacía recordarle que estaba vivo.

Apretó el botón de la memoria en el que estaba grabado el número de Kell y al tercer timbre su primo descolgó.

–Aquí, Montrose.

–Soy Allan.

–¿Desde qué teléfono me llamas? Tenía este número guardado como de otra persona.

–Es el teléfono de Jessi. El mío no funciona bien y apenas tiene cobertura, pero el suyo sí. Quería llamarte para saber si anoche me perdí algo.

–No demasiado. Te mandé un correo electrónico con los detalles que necesito para hoy. ¿Tendrás mejor cobertura más tarde? –preguntó Kell.

Era evidente que Kell estaba irritado, pero sabía que no era por él sino por cualquier cosa que afectara el curso habitual de los negocios.

—No lo sé. John tenía wifi en su casa, así que me imagino que en cuanto llegue, no debería tener mayor problema. Esta mañana voy a estar ocupado con el abogado y los preparativos del entierro, pero te llamaré más tarde.

—Sí, ya me lo imaginaba. Solo quería decirte que necesito que repases unos números que me ha pasado Emma. También he hablado con Dec y, a menos que Jessi proponga algo muy interesante, estamos decididos a hacerle una oferta para que abandone la compañía. Necesito que le eches un vistazo hoy.

—¿No puedes olvidarte por un día? Acabamos de perder a nuestros mejores amigos.

Se hizo el silencio al otro lado de la línea.

—Tienes razón —dijo por fin—. Esperaré unos días. ¿Qué tal lo llevas?

—Bien, ya me conoces —contestó Allan.

—Sí, ya te conozco, y por eso no me creo tu respuesta. John y tú erais como hermanos.

—Es duro, Kell, pero no quiero hablar de ello.

—De acuerdo. Ya sabes dónde me tienes si me necesitas.

Allan sabía que podía contar con su primo. A pesar de lo frío que se mostraba en el trabajo y lo obsesionado que estaba con vengarse de los Chandler, Kell tenía un fuerte sentido de la lealtad hacia sus dos primos.

–Te llamaré cuando sepa más. Voy a tener que reiniciar mi teléfono así que, hasta que te avise, llámame a este número.

Colgó y se quedó pensando en la postura de su primo. Kell estaba decidido a prescindir de Jessi y no había nada que pudiera hacer para impedirlo. En parte se alegraba, porque era la clase de complicación que no necesitaba en aquel momento de su vida, a pesar de que iba a tener que tratar con ella en el futuro más inmediato.

El Land Rover que Fawkes les había conseguido era un último modelo. Era espacioso y cómodo, y tenía tracción a las cuatro ruedas, algo que parecía indispensable en aquella zona inhóspita de Carolina del Norte.

Fawkes metió el equipaje en el maletero y luego abrió la puerta del asiento trasero para Jessi. Antes de meterse, se quedó unos segundos quieta, disfrutando de la cálida brisa y del sol saliendo por encima del océano.

–Gracias –dijo, y se metió en el vehículo.

–De nada, señorita Jessi.

–Llámeme Jessi, por favor.

–Muy bien –replicó Fawkes.

Allan no dijo nada y se metió en el asiento del copiloto. Jessi aprovechó para ponerse sus auriculares y volverse invisible. Era un alivio que ese gesto estuviera socialmente aceptado, si bien a ella le parecía de mala educación. En aquel momento, no le apetecía hablar con nadie. Estando allí, la muerte de Patti se le hacía más real.

Por la ventanilla, Jessi vio cómo salían de la pequeña isla en la que estaba ubicado el aeropuerto y cruzaban el puente hasta la siguiente franja de tierra. Outer Banks era una cadena de islas a lo largo de la costa de Carolina del Norte.

Una vez más, pensó en la decisión de Patti de irse a vivir a una zona tan inhóspita y bonita, mientras el sol seguía subiendo en el horizonte.

Al atravesar el puente de Oregon Inlet, Allan le hizo una señal y se quitó los auriculares.

—¿Sí?

—Parece el fin del mundo, ¿verdad? —preguntó él.

Ella asintió, algo inquieta porque estuvieran pensando lo mismo. ¿Acaso también se le había pasado por la cabeza que si Patti y John no se hubieran ido a vivir allí todavía seguirían con vida?

—Creo que por eso le gustaba tanto a Patti —respondió Jessi al cabo de unos segundos.

—Estoy de acuerdo. Aquí la vida es tranquila, especialmente ahora que es temporada baja —observó Allan—. Por cierto, Fawkes me estaba diciendo que en el aeropuerto estaban comentando que se está formando una tormenta tropical en el Atlántico que corre el riesgo de convertirse en huracán y que, según una de las trayectorias pronosticadas, podría llegar a Hatteras, donde está el hotel rural.

—¿De verdad?

—Sí, seño… Jessi —intervino Fawkes—. Pensaba que no habría de qué preocuparse, pero viendo estas carreteras, será mejor no tomárselo a la ligera. Si la marea sube, todos estos caminos quedarán borrados del mapa.

–Estoy de acuerdo –dijo Allan–. Fawkes se mantendrá al tanto mientras nosotros nos ocupamos de las gestiones del entierro. Pero debemos estar preparados por si acaso tenemos que marcharnos a toda prisa.

–Siempre lo estoy.

–Cierto, yo también. Pero una cosa es evitar una situación personal delicada y otra, escapar de la madre naturaleza.

Jessi asintió y volvió a ponerse los auriculares.

Unos veinte minutos más tarde, unas marcas en el pavimento llamaron su atención. Se quitó los auriculares de los oídos al ver que Fawkes estaba deteniendo el Land Rover.

–¿Es aquí donde…?

–Creo que sí –contestó Allan, y abrió su puerta antes de que el coche se detuviera completamente.

Jessi permaneció quieta, mirando la hierba aplastada y el estado del pequeño Miata de Patti, que allí seguía, destrozado y del revés. El corazón empezó a latirle con fuerza y en su cabeza oyó gritos. Pero sabía que era solo su imaginación. Salió del coche y se fue a un lado de la carretera.

Allí era donde Patti y John habían muerto, y era mucho peor de lo que se había imaginado.

Estaba abstraída observando los restos del coche, cuando le pareció oír a alguien llorando y se dio cuenta de que era ella. Se volvió para que ni

Allan ni Fawkes la vieran en aquel estado, pero enseguida sintió una mano en el hombro.

Cuando se giró, simplemente avanzó, rodeó a Allan por la cintura y hundió el rostro en su pecho. Él la abrazó con fuerza y se dejó llevar por todas aquellas emociones que había intentado aplacar.

El dolor de perder a su amiga era una sensación tan intensa y desconocida que apenas podía respirar. Sintió la mano de Allan subiendo y bajando por su espalda, y se estremeció. Se echó hacia atrás y lo miró.

Al ver lágrimas por su mejilla, volvió a hundir el rostro en su cuello y lo abrazó con fuerza.

En aquel momento, abrazada a la única persona en el mundo que comprendía tan bien su dolor, se dio cuenta de que había dejado de ser su rival. Había pasado a ser simplemente Allan, su Allan.

Nunca antes se había sentido así y, tras la pérdida de John, Allan se estaba cuestionando muchas cosas, en especial por qué había esperado a que su amigo muriera para hacerle caso.

John llevaba tiempo diciéndole que se había dado cuenta de cómo se miraban Jessi y él cuando creían que nadie los veía. En aquel momento, teniéndola entre sus brazos y dejando que las lágrimas que no podía contener corrieran por sus mejillas, Allan reconoció que, una vez más, su amigo había tenido razón.

Sintió una mano fuerte en el hombro y supo que

Fawkes se les había unido. Los tres, que nunca se habían llevado bien, estaban unidos por el dolor.

Fawkes se apartó y se acercó a los restos del coche, dejándolos solos. La brisa que venía del Atlántico era cálida y, por un instante, Allan deseó que pudiera llevárselos de allí.

Volvió la cabeza y se secó los ojos, antes de mirarla de nuevo.

—Te he visto llorar —dijo Jessi, con una ternura en sus ojos que nunca antes había visto.

El viento agitaba su pelo corto, y el maquillaje de los ojos se le había corrido por las lágrimas, dejando churretes oscuros por sus mejillas.

—Yo también te he visto llorar —replicó él, esforzándose en darle una nota burlona.

—Entonces, estamos en paz. ¿Sabes una cosa?

—¿Qué?

—No me importaría perder la apuesta a cambio de que Patti y John siguieran con vida.

Una de las cosas que siempre había admirado en Jessi había sido su sinceridad, incluso cuando le iría mejor mentir. Nunca más volvería a mirar a Jessi de la misma manera.

—A mí tampoco —admitió él.

—¿Qué demonios ha pasado aquí? —preguntó Jessi—. Sé que recibieron un golpe y acabaron chocando contra el árbol, pero ¿quién conduciría tan rápido por una carretera como esta?

—Un idiota —contestó Allan, sintiendo la misma rabia que ella—. Espero no cruzarme nunca con ese tipo.

–Lo mismo digo. No sé cómo reaccionaría si conociera a la persona que ha causado esto.

–Sí, lo sé.

Jessi lo miró con aquellos ojos suyos que parecían capaces de atravesarlo y ver en su interior. Odiaba aquella sensación. No quería que descubriera cómo era realmente.

De repente, rompió a reír. Intrigado, Allan se quedó observándola para comprobar si estaba bien o si había perdido el control.

–Lo siento –dijo Jessi sacudiendo la cabeza–. Estaba pensando en que por fin nos empezamos a llevar bien. Patti me estaría mirando con cara de «te lo dije».

–John también.

No recordaba la cantidad de veces que su amigo lo había llevado aparte para pedirle que le diera a Jessi una oportunidad, que dejara de discutir con ella y le permitiera entrar en ese círculo de confianza que tan ferozmente protegía.

–¿Por qué no lo hicimos antes de que murieran? Eran nuestros amigos más queridos. Lo único que querían era que nos lleváramos bien y nosotros nos empeñamos en ser enemigos.

–Somos enemigos porque somos muy parecidos y a ambos nos criaron para desconfiar mutuamente de nuestras familias. A los dos nos gusta ganar, proteger a nuestros amigos y, sobre todo, que nadie se dé cuenta de que no somos invencibles.

Ella se cruzó de brazos, suspiró y volvió a descruzarlos.

–Aunque me cueste admitirlo, hay algo de verdad en lo que acabas de decir.

–¿Estás reconociendo que tengo razón?

Nunca se le habría ocurrido que Jessi Chandler pudiera pronunciar aquellas palabras en su presencia.

–No dejes que se te suba a la cabeza –dijo ella, y se rodeó con los brazos por la cintura antes de volver hacia el Land Rover–. Estoy segura de que no volverá a pasar.

Por primera vez desde que recibiera la terrible noticia de que John había muerto, Allan empezaba a sentir algo. Quiso creer que se trataba tan solo de atracción porque, solo con mirar a Jessi, la deseaba. Tal vez la causa de aquella reacción fuera el dolor que compartían. Pero la verdad del asunto era mucho más difícil de aceptar.

Le caía bien y le gustaba estar con ella. Siendo completamente sincero, tenía que reconocer que estaba deseando que aquel nuevo sentimiento creciera.

Capítulo Cinco

Jessi estaba sentada al lado de Allan en el despacho del abogado, tratando de asimilar la nueva sorpresa.

Reggie Blythe era un afroamericano alto y delgado de unos cincuenta y tantos años. Tenía canas en las sienes y una expresión seria que revelaba que pasaba más tiempo trabajando que en casa. Su despacho tenía el encanto del viejo sur, según la imagen que se había hecho por las películas de Hollywood.

Se sentía nerviosa e insegura. No sabía cómo enfrentarse a aquella reunión ni a Allan.

En realidad, era Allan el que la desconcertaba. Sabía cómo tratar con abogados, pero Allan era otra cosa.

Reggie les había hecho un resumen del testamento de John y Patti, y de sus deseos de cómo criar a Hannah. Pero Jessi estaba abstraída mirando a Allan y recordando el momento en que se habían detenido en el lugar del accidente y la había abrazado. Le había ofrecido consuelo y se había mostrado tan tierno que había tenido que replantearse muchas cosas, no solo lo que pensaba de él sino lo que siempre había pensado de sí misma.

–No entiendo. ¿Eso es legal? –preguntó Allan.

Tenía que prestar más atención. ¿Qué había dicho?

–No es habitual que se otorgue la custodia compartida a dos personas que no están casadas, pero no es ilegal –dijo Reggie.

–¿Por qué harían algo así? –intervino Jessi.

Poco a poco empezaba a asimilar el hecho de que Patti y John les habían dejado la custodia de Hannah, a pesar de que eran conscientes de que no se caían bien.

–Supongo que nunca imaginaron que morirían tan pronto –comentó Reggie–. Pero por otra parte, quisieron asegurarse de que Hannah tuviera relación con amigos de los dos.

–Sí, claro –dijo Allan–. ¿Dónde está Hannah ahora?

–Está bajo custodia estatal, pero se la entregaremos tan pronto como termine esta reunión –dijo Reggie, y miró la hora.

–¿Eso es todo? ¿Podemos volver ya a Los Ángeles? –preguntó Jessi.

–No. Un juez tiene que revisar el caso. En cuanto autorice otorgarles la custodia compartida podrán volver a California. Patti y John me designaron como asesor legal en el proceso, a menos que prefieran que se ocupe su abogado.

–¿Y si uno de nosotros no quiere ser tutor de Hannah?

–¿Es ese el caso? –preguntó Reggie, mirando alternativamente a Allan y Jessi.

Allan no decía nada y Jessi se preocupó. No sabía nada de criar a un bebé. De hecho, hacía tiempo que había decidido no tener hijos. Pero era lo último que Patti le pedía y no podía negarse.

—¿Nos deja un momento a solas? —le pidió Jessi al abogado.

—Por supuesto, quédense en mi despacho —dijo Reggie, disponiéndose a abandonar la habitación.

Después de que cerrara la puerta, Jessi se volvió hacia Allan. Él se levantó y se acercó a la ventana. Como estaba a contraluz, le resultaba imposible ver su rostro. No parecía el Allan que la había abrazado con tanta ternura y que compartía su dolor. Más bien era el antiguo Allan, tratando de dilucidar en qué posición se encontraba.

Tal vez, se sentía tan aturdido como ella por el hecho de que iban a tener que criar juntos a una niña.

Porque… ¿sería así, no? ¿Se quedaría a su lado o tendría que hacerlo ella sola?

—¿Quieres ser su tutor?

—Por supuesto. Es la hija de John y para mí era más que un hermano. Solo he planteado esa opción por si querías una salida y te daba vergüenza preguntar.

—¿Me tomas el pelo? No soy tímida y lo sabes. Así que, ¿de qué va todo esto?

Allan volvió a su lado. Era la primera vez desde que lo conocía que veía una expresión tan sincera en su rostro.

—Nunca he faltado a mis compromisos. John y Patti debían tener sus razones para nombrarnos tutores a ambos. No sé cuáles serían, pero creo que estoy empezando a entenderlo. No sé si a ti te estará pasando lo mismo.

–Sí, pero ¿esto es real?

–No lo sabremos hasta que recojamos a Hannah y volvamos a la Costa Oeste.

–Estoy de acuerdo –convino Jessi–. No puedo negarme a esto.

–Yo tampoco.

El ambiente en el despacho se estaba volviendo tenso y aquello no le gustaba. Necesitaba tiempo para hacerse a la idea de que Allan iba a formar parte de su vida para siempre.

–¿Qué vamos a hacer ahora? –preguntó Jessi pensando en la logística–. Me refiero desde el punto de vista práctico. Vivo en Malibú.

–Y yo en Beverly Hills.

–Bueno, siempre podemos intercambiárnosla en el trabajo –dijo Jessi–. No conozco las oficinas de Playtone Games, pero si usamos las de Infinity, hay una guardería en la que Hannah puede quedarse durante nuestra jornada laboral. Por la noche, podemos turnárnosla.

–Me gusta la idea, pero si no pasas el periodo de prueba, podemos encontrarnos con un problema.

Jessi hizo una mueca. Tenía que sacar el tema en aquel momento.

–No voy a perder mi puesto de trabajo. Ya te he dicho que tengo algunas ideas nuevas.

–Solo digo que deberíamos pensar más opciones –dijo Allan–. Me gusta tener prevista cualquier eventualidad.

Jessi se preguntó si alguna vez sería capaz de adivinar lo que estaba pensando. Luego, sacudió la cabeza. Había otras cosas de las que preocuparse aparte de aquella. Tenía que pensar en Hannah, en su futuro y en tener que tratar con Allan en adelante. Era una gran responsabilidad que no podía rehuir. Debía encontrar la manera de que aquello funcionara.

—Supongo que entonces está decidido —dijo ella.

—Sí, iré a buscar a Reggie.

Se acomodó en la butaca de cuero y trató de relajarse, pero no pudo. Cada vez que creía que había asumido la idea de haber perdido a Patti, surgía algo nuevo. Al menos, estaba siendo capaz de pensar en su amiga sin llorar, lo cual era un alivio.

Nunca le había gustado no poder controlar las lágrimas. Por lo general, no lloraba nunca, pero no encontraba otra forma de expresar aquello.

Oyó que la puerta se abría y se volvió para ver a Allan entrando con Reggie.

—Allan me ha dado la buena noticia de que van a compartir la custodia. No saben lo felices que harían a Patti y John. Tenían muy claro que querían que, si algo les pasaba, sus mejores amigos se ocuparan de su hija.

—Queremos cumplir sus deseos —replicó Jessi.

—Bien. Necesito que rellenen unos documentos y luego iremos a recoger a Hannah. Las autoridades estatales querrán hacerles unas preguntas antes de que se la lleven. Ya he llamado al juzgado para pedir una vista.

–¿Cuánto cree que tardará este proceso? –preguntó Allan–. Necesitamos volver a Los Ángeles.

–No creo que demasiado, una semana o diez días como mucho.

Una semana era demasiado, bajo el punto de vista de Jessi. El viaje en avión con Allan se le había hecho interminable. Sabía que era difícil acelerar ese tipo de trámites. Pero quedarse en Hatteras con el hombre que era su talón de Aquiles no le parecía una situación ideal. También tenía que pensar en su futuro. Ahora que iba a ser el modelo a seguir de Hannah, no podía perder su trabajo en Playtone–Infinity Games.

Iba a tener que replantearse su vida y ordenar sus prioridades por el bien de Hannah. Eso incluía llevarse bien con Allan McKinney y, lo que era más importante, mantenerse lejos de su cama.

Cuando Reggie los llevó con la familia de acogida que se había hecho cargo de Hannah, Jessi se alegró. La casa estaba bien, pero no dejaban de ser unos extraños. Cuanto antes les dieran la custodia, mejor.

–Hola, soy Di, y él es Mick, mi marido. Tenemos un restaurante y conocíamos a John y Patti –dijo la mujer nada más entraron en la casa.

–Ellos son Allan McKinney y Jessi Chandler, los tutores de Hannah –replicó Reggie.

–Iré a buscar a la niña –anunció Di mientras Mick los conducía al salón.

Jessi estaba muy nerviosa como para prestar atención a la conversación. No sabía nada de bebés. Siempre que podía, evitaba tomar en brazos a sus sobrinos por miedo a que se le cayeran o les hiciera daño. No había tenido en brazos a Hannah más de cinco minutos seguidos. Suponía que era debido a que no tenía instinto maternal.

—Aquí está —dijo Di, volviendo con una Hannah adormilada.

Jessi se acercó, tendió los brazos y Di le entregó a la pequeña. No pudo evitar sentirse insegura hasta que miró aquellos ojos tan parecidos a los de Patti.

Aquella era la hija de Patti, pensó. La abrazó y le dio pánico a la vez que notaba que estaba a punto de llorar. Trató de volverse, pero tenía a Allan a su lado. Él no dijo nada, tan solo se limitó a rodearla con su brazo y mirar al bebé.

A su lado, no se sentía tan abrumada. No estaba sola. Daba igual que todavía hubiera algunas discrepancias entre ellos. Estaban juntos en aquello y eso era lo único que importaba en ese momento.

—Es evidente que John y Patti tenían buen ojo —dijo Reggie—. Van a ser los tutores perfectos de esta pequeña niña.

—Lo haremos lo mejor que podamos —afirmó Allan, mirando a Jessi a los ojos.

Era como si le estuviera haciendo una promesa, y Jessi pensó que juntos lo conseguirían. Pero no pudo evitar preguntarse cómo reaccionarían sus hermanas y los primos de él cuando se enteraran de que iban a criar a una niña juntos.

Sintió un nudo en el estómago al imaginarse la expresión de Darth, el Apestoso, cuando se enterara de que otro de sus primos iba a mantener una relación estrecha con una hermana Chandler. Allan y ella iban a tener que encontrar la manera de ser amigos, porque iban a ser lo más parecido a unos padres para Hannah.

—No podemos estropearlo —dijo Jessi.

—No lo haremos —replicó Allan—. A los dos se nos da bien conseguir que las cosas salgan como queremos.

Allan se sirvió un poco de whisky y apoyó los pies en la barandilla mientras contemplaba la puesta de sol en Pamlico Sound. Allí, en la casa de John, sentía que no era el mismo hombre que en Los Ángeles. El océano estaba en calma y le resultaba relajante estar sentado y olvidarse de las últimas cuarenta y ocho horas que había vivido. El día se le había hecho interminable y estaba deseando que acabara.

Habían dejado resueltos los preparativos del entierro. Al final, habían decidido que tenía más sentido hacer una ceremonia conjunta, y Jessi se había ocupado con gran eficiencia de los pequeños detalles.

Viendo cómo se desenvolvía, se daba cuenta de por qué era tan buena en su trabajo. Había visto los informes de las entrevistas que Dec había mantenido con los empleados de Infinity Games. Todos valoraban lo bien que se organizaba a la hora de lanzar los nuevos productos.

Allan se frotó la nuca. Se sentía entre la espada y la pared. El odio de Kell... ¿Era Kell el único que seguía odiando a la familia Chandler? Allan había sentido la misma ira hacia ellos, pero después de conocer a las hermanas Chandler, en especial a Jessi, era difícil no considerarlas personas entrañables, muy ajenas a aquella enemistad que llevaban arrastrando sus familias durante tanto tiempo.

Jessi se había ocupado de darle un baño a Hannah después de la cena. Sabía que ella también estaba cansada y quizá debería haberse ofrecido para ayudarla, pero todavía no estaba preparado para ocuparse de un bebé.

Decidió enviar un mensaje a su primo Dec, que era padre de un niño al que había conocido apenas hacía unos meses y que en aquel momento era la referencia perfecta para Allan. Necesitaba información, y rápido, si quería hacer lo que siempre hacía, que la vida pareciera sencilla. Porque con el bebé se sentía desconcertado. Había vomitado en su camisa y tampoco había tenido mucha suerte cambiándole el pañal. Tenía que hacerse con el control de la situación. «Ayuda, ¿cómo se cuida de un bebé?».

Al instante, el teléfono sonó y oyó.

—Me encanta. El gran Allan McKinney no sabe qué hacer —dijo Dec.

—Seguro que tú tampoco sabías nada la primera vez que viste a DJ.

–Cierto, no sabía nada. ¿Quieres que le pida consejo a Cari?

–No, ni se te ocurra. Solo quería saber cómo te las arreglaste con DJ al principio.

–Tenía miedo de hacerle daño. Recuerdo que cuando lo tomaba en brazos, lo mantenía a distancia. Pero después de pasar tiempo con él, me di cuenta de dos cosas: en primer lugar, daba igual lo que dijera, siempre que lo hiciera en un tono suave y tranquilo. Por otra parte, todo el mundo aprende a tratar con niños.

–Gracias. Es que además, Hannah es una niña y no sé nada de niñas. Ya sabes, nosotros todos éramos chicos y…

Dec rio.

–A ti se te dan bien las mujeres.

–Hannah no es una mujer. Esto es diferente. Quiero que ella…

–Cuenta contigo –le interrumpió–. Lo mismo me pasa con DJ. Hannah es un bebé y esta situación es tan nueva para ella como para ti. Ya aprenderás a arreglártelas. ¿Cómo va todo?

No tenía ni idea de cómo contestarle a su primo. Lo cierto era que Jessi lo irritaba tanto como siempre, pero también lo tenía fascinado. Estaba obsesionado con ella, pensando en lo suave que era su piel y en lo mucho que le gustaba su perfume.

–Bien. Los dos estamos intentando superarlo. El entierro será dentro de cuatro días. ¿Vas a venir? Puedo mandarte el avión.

–Sí, estupendo. Seguro que Cari y Emma también querrán asistir. Kell no quiere viajar con ellas. De hecho, no me extrañaría que al final no fuera.

—Me preocupa. Odia demasiado a los Chandler.

—A mí también. ¿Qué podemos hacer? Oye, ¿quieres venir conmigo dentro de dos semanas al partido de los Lakers contra los Mavs? —preguntó Dec—. Cari tiene que trabajar.

Allan sonrió para sí. Su relación con Dec se había estrechado desde que su primo regresó de Australia y formó una familia.

—Encantado. Luego hablamos.

—Hasta luego —dijo Dec, y colgó.

Allan empezó a ojear el primer libro sobre bebés que se había bajado en el teléfono, y fue ganando cierta confianza. Después de un rato, dejó el whisky a un lado y fue en busca de Jessi.

No estaba del todo convencido de que su plan de compartir el bebé fuera a tener éxito. Aunque Hannah era pequeña, requería mucha atención, y era preferible hacerlo entre dos que uno solo.

¿Debería proponerle que se fueran a vivir los tres juntos? Sería lo mejor para Hannah y lo más práctico para ellos. Pero no sabía si sería capaz de controlarse teniendo a Jessi bajo el mismo techo. Solo la idea de que durmiera al otro lado del pasillo le hacía pensar en cosas que no debería.

Oyó a alguien cantando y fue a investigar. Según se acercaba, reconoció que era Jessi la que cantaba. Desde la puerta la vio cambiando al bebé. A Hannah parecía estarle gustando; sacudía los brazos y miraba atentamente a Jessi.

–Esa canción era de Pink –le explicó a la pequeña–. Tu madre y yo la vimos en concierto al menos en ocho ocasiones. Durante una temporada, ambas llevábamos el pelo tan corto como ella. Y tu madre…

De pronto, la voz de Jessi se quebró. Se inclinó para tomar a la pequeña en brazos y hundió la cabeza junto a la suya. Allan empezó a recular. Aquel momento era entre ellas y no quería molestar.

Era lógico que cantara aquella canción al bebé. Era algo que Patti y Jessi habían compartido. Por eso sus amigos los habían nombrado tutores de su hija, para que siempre los tuvieran presentes.

También ponía de relieve por qué Jessi y Allan no podían vivir juntos. Cuanto más conocía a la verdadera mujer, más difícil le iba a resultar ayudar a Kell a despedirla.

Y sabía que iba a tener que hacerlo. Confiaba en que su primo se diera cuenta de la situación en la que se encontraba. Ya resultaba difícil despedir a alguien a quien apenas se conocía como para despedir a una mujer que le gustaba, que respetaba y por la que, ¡qué demonios!, había empezado a sentir algo…

No, no se veía capaz de hacerlo sin renunciar a una parte de sí mismo.

Capítulo Seis

Jessi estaba convencida de que todo iba bien con Hannah hasta que el bebé rompió a llorar mientras Allan y ella veían un programa de televisión. Jessi trató de reconfortar a la pequeña, pero nada parecía funcionar.

—Tu turno —dijo tomando a la pequeña y dándosela a Allan.

—Encantado. ¿Por qué no te vas a tomar algo?

Aunque era precisamente lo que tenía pensado, decidió no hacerlo. No quería que la dinámica entre ellos se viera alterada. Sería muy fácil caer en una rutina de compañeros de piso e incluso algo más. Pero se había prometido que lo que había pasado entre ellos durante el vuelo hasta allí no volvería a ocurrir.

Besarlo había sido una equivocación y, teniendo en cuenta que estaban a solas, tenía que controlar sus impulsos sexuales. A pesar de que tenía millones de cosas de las que preocuparse, no podía quitarse de la cabeza la imagen de Allan besándola.

Confiaba en que la pequeña se durmiera pronto, porque tenían muchas cosas que hacer al día siguiente, incluyendo visitar a la abuela de Hannah. No era una visita que le apeteciera, pero era algo que debía hacer. Habían comunicado la muerte de Patti a la residencia, pero Jessi no se sentiría bien hasta que fuera y viera personalmente a Amelia.

Allan estaba paseando por la habitación con Hannah. La pequeña se había quedado dormida con el dedo gordo en la boca. Jessi se dijo que era la suerte del principiante, pero no pudo evitar sentirse celosa por que hubiera conseguido dormirla.

–La meteré en la cuna –dijo él en tono quedo.

En cuanto salió de la habitación, Jessi fue a tumbarse al sofá, apoyó la cabeza en el reposabrazos y se quedó mirando el techo. Estaban en el hotel rural, en la parte en la que John y Patti vivían. Era una casa pequeña comparada con la suya de Malibú, pero muy acogedora. Allí donde mirara, veía el toque de su amiga y le hacía echarla de menos.

Se frotó la frente y decidió que debía ponerse a trabajar esa misma noche en una buena estrategia de marketing. Había recibido un correo electrónico de Kell diciéndole que la fecha límite para entregar su propuesta no había cambiado.

Se sentía abatida. Iba en contra de su forma de ser recular, pero esta vez no creía que la lucha mereciera la pena. Incluso Allan, que no la odiaba tanto como Kell, le había dicho que no iba a seguir en su puesto al final del período de prueba. ¿Debería esforzarse?

Era una cosa más que debía analizar. Por una parte, le gustaba la idea de que Allan, Hannah y ella pasaran el día juntos. Y eso le hacía imaginarse un futuro que nunca había querido. Por un momento se sintió como una niña, aquella niña que había sido antes de que la realidad la asaltara y le enseñara cosas como que las familias perfectas solo existían en las películas. No importaba. Se enorgullecía de ser una persona realista, pero ahora que estaba vislumbrando una vida familiar, mentiría si dijera que no quería algo así. Una parte de ella quería formar una familia. Pero era un sueño inalcanzable, probablemente provocado por la muerte de Patti. Ni siquiera era su sueño. Nunca había querido tener un marido que le dijera lo que tenía que hacer, como había hecho su padre con su madre. No quería hijos que pudieran servir de moneda de cambio en una relación así.

Se sentó y se echó hacia delante, apoyando los codos en las rodillas. Tenía que luchar por su trabajo en Playtone–Infinity Games. Y también tenía que criar a Hannah para que fuera una mujer fuerte y abierta al amor como lo había sido Patti. Jessi estaba empezando a darse cuenta de por qué su amiga quería que fuera la tutora de su hija. Allan nunca permitiría que la pequeña se encaprichara de cosas materiales, pero había algunas cosas que un hombre, un padre, nunca entendería de una hija.

–¿Estás segura de que no quieres tomar algo? –dijo Allan desde la puerta.

Se había puesto un pantalón corto y una camiseta de los Lakers. Al verlo, fue incapaz de hablar. Estaba bronceado y en buena forma. No quería que nada le recordase lo guapo que era ni lo mucho que seguía deseándolo.

Tenía que ignorar sus instintos más básicos.

—¿Quieres beber algo? —repitió Allan.

—Sí, por favor —dijo por fin, y de pronto se dio cuenta de que se había quedado mirándolo embobada—. ¿Te encargas tú?

—Era lo que pensaba hacer —contestó.

—No sabía si serías capaz sin tu mayordomo y, teniendo en cuenta que Fawkes está en el cuarto de invitados…

—Supongo que no será tan difícil traer un par de cervezas —dijo burlón—. Luego, espero poder ver el partido de los Lakers. ¿Quieres verlo conmigo?

—Sí, pero tengo trabajo que hacer. Por cierto, tienes pendiente facilitarme unos contactos.

—Supongo que nuestro concurso ha acabado en empate.

—Así es. Pero Kell no piensa modificar los plazos, y me vendría bien un poco de ayuda.

—Te mandaré un correo electrónico con la información —dijo él—. Pero prefiero que te quedes y veas el partido conmigo.

—¿Por qué? —preguntó ella—. Aunque creas que no voy a ser capaz, tengo la intención de mantener mi puesto de trabajo.

—Estoy seguro de que lo conseguirás. Te he visto en acción en otras ocasiones. Pero esta noche prefiero compartir un rato con la única persona de esta habitación que siente el mismo vacío que yo.

Jessi tragó saliva, sorprendida de que hubiera mencionado lo que ambos habían estado evitando, que sin John y Patti se hacía extraño estar allí.

***

–Tengo una idea –dijo Allan al volver a la habitación con las dos cervezas.

–¿Para qué?

–Para distraernos.

–¿Necesitamos distraernos?

–Yo, sí. Estoy al límite y eso no me gusta.

–¿Qué es lo que no te gusta?

Lo había dicho con aquella manera suya que le hacía desear desnudar su alma y dejar de fingir que no se sentía atraído por ella.

A pesar de lo que había pasado en los últimos dos días, Jessi empezaba a hacerse a la idea y parecía estarlo sobrellevando bien. Allan estaba intrigado por cómo lo había conseguido. Sabía que desde fuera él parecía estar controlando la situación, pero por dentro, estaba hecho un lío y lo odiaba.

Las emociones hacían a un hombre débil, y por eso Allan las estaba apartando para poder concentrarse en el camino que tenía por delante. Pero estando allí, en el salón de John, con su hija durmiendo al final del pasillo, y sabiendo que iba a tener que criarla con aquella mujer, se sentía muy desconcertado.

–Necesito algo para dejar la mente en blanco.

–¿Y no lo consigues viendo un partido de baloncesto?

–No, cuando estás tan sexy.

–¿Que estoy sexy? Pero si llevo una camisa y una

falda vaquera. No es precisamente un atuendo de mujer fatal.

—Lo es en ti. Llevo toda la noche mirándote y pensando en ese beso del avión, ese que era parte de una apuesta y que ha resultado ser algo más.

De repente, ya no se mostraba vanidosa ni distante. Parecía intrigada y vulnerable. Así se sentía él por dentro.

—Entonces, ¿qué solución propones?

—Tal y como yo lo veo —dijo él, atravesando la habitación para darle la cerveza—, tenemos dos opciones.

—¿Dos?

Allan reparó en que al sentarse en el sofá, junto a ella, no se apartó. De hecho, incluso se inclinó un poco hacia él.

—Podemos ignorarlo y confiar en que se pase —dijo, y dio un sorbo a su cerveza—. Pero si te soy sincero, no se me da bien ignorar a una mujer bonita.

—No me mientas.

—No lo estoy haciendo.

—¿De verdad? Sé que no soy bonita, tal vez resultona, pero no bonita.

—Entonces, estamos de acuerdo en que discrepamos —concluyó él.

No sabía cómo definir la belleza, pero para él era la encarnación de la feminidad. Era lo suficientemente fuerte para saber quién era, lo suficientemente valiente para ir detrás de lo que quería y lo suficientemente inteligente para reconocer cuándo necesitaba a alguien. Había recurrido a él hacía un rato, y eso había despertado en Allan algo que no sabía cómo controlar.

—Bueno, ¿qué estabas diciendo?

—Podemos ignorar la atracción que hay entre nosotros o asumirla y tener una aventura, a ver dónde nos lleva.

—¿Estás intentando impresionarme? —preguntó ella.

—No, a veces digo cosas para confundirte, más que nada para ver cómo reaccionas —respondió con una nota jocosa en la voz— . Pero ahora en serio, esas son las únicas opciones que tenemos.

—Ignorarla no va a servir para nada —dijo ella lentamente—. Ahora mismo, eres la única persona con la que puedo contar. Yo tampoco he podido dejar de pensar en ese beso.

—¿En qué has estado pensando? —preguntó él.

Jessi ladeó la cabeza y luego dio un sorbo a su cerveza.

—¿Estás seguro de que quieres que sea sincera?

—Sí, claro. Me estoy jugando mucho.

—Me gustaba más cuando eras mi enemigo, Allan. No quiero tenerte por un hombre que me excita.

Sus palabras eran evocadoras y le provocaron una erección. Deseó mandar todo al infierno, tomarla de la mano y llevársela a la habitación. Pero lo que quería era algo físico y no emocional.

«Mentiroso», se dijo.

Lo que realmente quería era mantener las dos cosas separadas.

–Me pediste que fuera sincera –dijo ella–. ¿Te he impresionado?

–Un poco, aunque no debería. Siempre has sido muy directa diciendo lo que pensabas.

–Cierto, aunque quería comprobar si estabas tan caliente como yo.

–Déjalo ya. No podemos mantener una conversación coherente si sigues hablando así.

–¿Por qué no?

–Sigue insistiendo y te demostraré que no sabes bien lo que es estar caliente.

–Me siento tentada.

–¿Por qué?

–Si sigo insistiendo y consigo convencerte, entonces ninguno de los dos será responsable. Echaremos la culpa a las hormonas.

–Pero ninguno de los dos se lo creerá –replicó mientras la observaba dar otro trago a su cerveza.

Jessi echó la cabeza hacia atrás y luego se inclinó para dejar el vaso en la mesa.

–Me siento tentada, Allan, pero no puedo hacerlo. Emma me mataría si me lío contigo, y eso afectará a Infinity.

–Esto no tiene nada que ver con nuestras familias ni con nuestras empresas.

–Aunque digamos eso ahora, ambos sabemos que les afectará. Emma lo está pasando mal, y con Dec y Cari… las cosas se vuelven complicadas.

Allan sabía a lo que se refería. Kell era un hombre difícil. Seguía odiando a los Chandler. Allan había intentado mostrarse neutral y Dec había intentado convencerlos de que tenían que ser más amables con las hermanas Chandler.

–Así que seguimos en una encrucijada.

Siempre se le había dado muy bien adivinar los pensamientos de otras personas, pero no los de Jessi. Aun así, tenía el presentimiento de que ceder a la atracción que sentían podía ser la solución. Pero eso supondría mezclar los dos aspectos de su vida, algo que nunca antes había hecho, además de mostrarle a Jessi una parte de sí mismo que prefería mantener en privado. A la vez, podía ser la respuesta a aquella tensión sexual que había entre ellos.

–Me parece bien ignorarlo hasta que volvamos de Carolina del Norte, pero no sé si tendremos suerte. No estoy llevando la muerte de Patti tan bien como esperaba.

–Yo tampoco lo estoy llevando bien –admitió–. Por eso he sacado el tema.

Allan apoyó la mano libre en el respaldo del sofá y le rozó la base del cuello a Jessi. Ella se sobresaltó, derramando cerveza sobre él. Tenía los ojos vidriosos y no hacía falta ser muy espabilado para darse cuenta de que pensar en Patti la iba a hacer llorar.

–Lo siento –se disculpó ella.

–Disculparse no es suficiente.

–¿Ah, no? Es solo un poco de cerveza.

Él la miró arqueando una ceja y ella puso la mano sobre su muslo, pasando un dedo por la mancha que había dejado la cerveza.

–¿Qué crees que debería hacer? –preguntó Jessi.

–Limpiarlo.

Ella se apartó y se cruzó de brazos.

–Me sorprendes, Allan. Sabes que no soy la clase de mujer que acepta órdenes de un hombre.

No debería sorprenderse. Jessi le había hecho sentirse incómodo desde que se habían conocido. A diferencia de las mujeres con las que solía tratar, ella no se había dejado impresionar por su encanto ni por su dinero. Lo había achacado a la enemistad entre sus familias, pero era más que eso.

–Hay muchas cosas de mí que no sabes –dijo él por fin–. Y también creo que hay muchas cosas de ti que no sé. Estoy seguro de que aceptas órdenes cuando te conviene.

–Quizás. Todo depende del hombre –dijo, observándolo muy seria.

Al verla sacudir la cabeza, Allan pensó que estaba dando la conversación por terminada.

–Pues aquí tienes al hombre adecuado –dijo–. Y estoy esperando.

Jessi odiaba tener que admitirlo, pero se sentía intrigada. Allan andaba coqueteando con algo que siempre había sido su fantasía secreta. Era tan atrevida en su forma de ser que la mayoría de los hombres esperaban que fuera ella la que tomara la iniciativa cuando se metían en la cama. Pero Allan no.

Se preguntó si podría hacerlo, aunque la idea de darle el control de su cuerpo a un hombre siempre le había resultado excitante. No estaba segura de que fuera a ser capaz de ceder el control a Allan, pero siempre había sido una mujer que no se había negado a nada.

–No lo sé. Me inclino más a darte una toalla y dejar que te seques los pantalones.

Él se encogió de hombros y ella vio los movimientos de su cuerpo con otros ojos. Al parecer, a aquel hombre arrollador le gustaba llevar la voz cantante en el sexo y establecer límites. ¿Qué decía eso de él? No quería saberlo. Prefería seguir considerando a Allan un estúpido. Así todo le resultaría más sencillo.

Pero estaba empezando a verlo como alguien cercano y con sentimientos.

–¿Qué? –preguntó él–. ¿De qué tienes miedo?

–De ti no –contestó precipitadamente, y entonces se dio cuenta de que de que seguramente se había dado cuenta de que la había puesto nerviosa–. No quiero poner las cosas difíciles entre nosotros.

–¿Cuándo no lo han sido? Escucha, sentimos atracción el uno por el otro nos guste o no. Las circunstancias nos están obligando a estar juntos. Así que podemos dejar que esto nos controle o…

–Podemos controlarlo –dijo ella, interrumpiéndolo.

Luego, se recostó en los cojines del sofá y se quedó observándolo. Lentamente, lo recorrió con la mirada desde los pies hasta la cabeza.

Era guapo, pero no el clásico guapo. Había algo en la forma de sus labios que le hizo desear pasarse la lengua por los suyos e imaginarse su boca junto a la suya.

Estaba sentado allí, con su arrogancia, e hizo lo único que inclinaba las cosas a su favor: le tendió la mano.

Allan vaciló unos segundos y luego recorrió la distancia que los separaba. A continuación, le sujetó la cabeza con la mano y acercó la boca a la suya.

Si el último beso había sido de sondeo, aquel fue de dominación, y no le quedó a Jessi ninguna duda. La deseaba y supo que acabaría en la cama de Allan.

Allan McKinney. ¿Por qué él? ¿Por qué tenía que ser él el que la hiciera sentirse así?

Entonces, dejó de pensar cuando sus labios se unieron. Luego le metió la lengua en la boca y ella se acercó, separó los labios y succionó su lengua, pero no encontró el alivio que buscaba. Trató de estrecharse aún más contra él. Quería sentir su cuerpo entrelazado al suyo, pero él levantó la cabeza y se apartó.

Tenía los labios hinchados y húmedos de besarla, y el rostro encendido por el deseo. La miró con sus ojos grises entornados y ella se estremeció.

Deseaba lo que él le estaba ofreciendo. La atracción que sentía hacia él era más fuerte de lo que le habría gustado, y no estaba dispuesta a engañarse. Existía y no iba a estar contenta hasta que se lo llevara a la cama.

Se inclinó hacia él, pero él se lo impidió levantando la mano.

–No, eso es solo un ejemplo de lo que puedo ofrecerte, pero no hay término medio. Si quieres esto, toma mi mano.

No acababa de entender lo que le estaba ofreciendo, pero a aquellas alturas, con el pulso acelerado y todo su cuerpo deseando más, no iba a rechazarlo. Si un beso podía provocarle aquello, tenía que descubrir qué más le esperaba.

Hacía mucho tiempo que no disfrutaba de buen sexo. El problema con la fusión de las compañías y lo insatisfecha que estaba con su carrera le habían hecho dejar en un segundo plano sus necesidades. Y en aquel momento, Allan le estaba ofreciendo una solución a aquella situación.

Ella levantó la mano y reparó en lo pequeña que se veía junto a la de él. Allan tenía los dedos largos, las uñas cuadradas y la piel caliente.

Mientras la atraía hacia él, Jessi se mordió el labio inferior. A un par de centímetros de distancia, la tomó de la barbilla y la hizo levantar la cabeza para mirarlo. No dijo nada, simplemente se quedó observándola.

Allan se detuvo al reparar en el pequeño diamante de la aleta de su nariz y luego continuó bajando su mano por el cuello, siguiendo el dibujo de su tatuaje. Aquel pequeño cuervo era un recordatorio para no dejarse llevar y, por primera vez desde que había tomado la decisión de hacerse ese tatuaje a la edad de dieciocho años, se dio cuenta de que corría el peligro de saltarse aquella advertencia.

Capítulo Siete

Jessi se sentía pequeña entre sus manos. Entre caricias, la hizo volverse y la atrajo hacia él.

Ansiosa por besarlo, levantó el rostro hacia Allan y él le mordió el labio. Sus lenguas se entrelazaron y él sintió que su erección crecía. Luego, la atrajo hacia él y la hizo sentar en su regazo, mientras le sujetaba las manos a la espalda. Ella lo miró arqueando una ceja.

–Los dos no podemos llevar la iniciativa –dijo él.

–¿Por qué no?

–No es así como me gustan las cosas –replicó, recorriendo con un dedo su cuello.

Disfrutaba acariciándola. Su piel era suave y su olor…

–Eso no funciona conmigo. Quiero tocarte, no quiero estar a tu merced.

–Ya lo estás –aseveró él con total confianza.

No intentó liberarse. Estaba a la espera de lo que él hiciera.

Allan buscó el cordón dorado con borlas que sujetaba la cortina y lo usó para atarle las manos a la espalda. El cordón era grueso y apenas tenía elasticidad. Cuando acabó de hacer el nudo, se afanó en los botones de su blusa.

Jessi lo observó con expresión indescifrable, pero su respiración se aceleró y sus pechos se ciñeron a la tela. Cuando la blusa volvió a caer, él respiró hondo y se quedó mirando su escote.

Era pequeña, pero no menuda, y sus pechos eran generosos en comparación con su cuerpo. Llevaba un sencillo sujetador de algodón, lo cual le sorprendió. Se había imaginado un corsé o algo más atrevido, pero la mujer interior era muy diferente de la de puertas para fuera.

Allan acarició con un dedo la curva superior de sus pechos.

–¿Te gusta esto?

Ella se encogió de hombros, con lo que empujó los pechos hacia delante, y Allan aprovechó para deslizar una mano bajo el sujetador y acariciarle uno de sus pezones.

–Es diferente. Me resulta muy sugerente.

–¿Y qué es lo que ves?

–Que te gusta acariciarme –respondió ella–. También disfrutas mirándome. Cuando crees que no te veo, entornas los ojos y me miras el pecho. ¿En qué piensas cuando lo haces?

–En cómo te verás desnuda.

–¿Por qué no lo averiguas?

–Es lo que pretendo, pero el ritmo lo marco yo.

La tomó de la cintura y le pasó el dedo por el ombligo. Ella se estremeció y contrajo el estómago. Le gustaba que la acariciara tanto como a él acariciarla.

Le desabrochó el sujetador y le bajó los tirantes

por los brazos hasta que la prenda cedió, dejando al descubierto sus pechos. Los rodeó con las manos y acarició sus pezones rosados hasta que se endurecieron. Después, se inclinó y le lamió uno después del otro.

Jessi empujó las caderas para sentir su erección y él movió las piernas para encontrar una posición más cómoda.

–Desátame –le pidió ella.

–¿Estás cómoda? –preguntó él.

–No. Pero tengo la blusa desabrochada…

–Si insistes, te desataré, pero me gusta tenerte así y creo que tú también lo estás disfrutando.

Allan se inclinó y se metió un pezón en la boca. Después de rodearlo con la lengua, se lo mordió suavemente.

–Me gusta tenerte así –repitió él.

–Yo todavía no sé si me gusta o no.

Él sonrió hacia sus adentros. No estaba seguro de cuánto más podría esperar, pero le agradaba aquel deseo que tan vivo le hacía sentirse.

Mojó el dedo en la cerveza, lo pasó por el pezón y esperó a que se endureciera antes de lamerlo lentamente. Luego, fue subiendo por el escote y el cuello, besándola hasta llegar a su boca. La salinidad de la cerveza mezclada con el sabor de Jessi le hicieron sentir que algo se encogía en su interior.

Estaba a punto de ceder al deseo, liberarse y tomarla. Sabía que había llegado el momento, que el control de la situación pendía de un hilo. Así que le soltó las manos y la colocó a su lado, en el sofá, antes de echar la cabeza hacia atrás y quedarse mirando el techo.

Jessi nunca se había sentido tan excitada ni tan nerviosa como en aquel momento. Y no le gustaba. De hecho, prefería un encuentro rápido que aquello.

El verdadero problema era que sentía como si estuviera jugando con ella. Estaba muy excitada, a diferencia de él, que permanecía sentado a su lado, impasible, como cuando se habían besado en el avión. Parecía una prueba para ver quién podía ocultar su reacción por más tiempo.

En aquel momento se sentía perdedora.

—No estoy segura de que este sea el acuerdo más sensato que he hecho contigo.

Él le dirigió una mirada cómplice y ella se estremeció al darse cuenta de que no estaba tan indiferente como pretendía hacerle creer.

—Nada que tenga que ver con el sexo contrario lo es —dijo él.

—¿Es ese tu lema?

—No, lo cierto es que era el de mi abuelo. Aunque tengo que admitir que el viejo tenía razón.

—¿Cómo era? —preguntó Jessi para distraerse.

Apenas sabía nada de Thomas Montrose. A diferencia de Allan y sus primos, a quienes les había enseñado que los Chandler eran sus enemigos, a sus hermanas y a ella no les habían transmitido el odio a la familia Montrose. De hecho, un retrato del viejo Thomas colgaba en el vestíbulo de Infinity Games.

—Era una persona amargada que solo pensaba en vengarse. Ese tipo de actitud altera la perspectiva de cualquier persona.

—¿La tuya?

Mientras hablaban, casi se había olvidado de que tenía la camisa abierta y los pechos al descubierto.

—No, de Kell. No creo que nunca acepte a Cari como parte de la compañía fusionada, y tampoco quiere contar con Emma o contigo.

—¿Y tú? —preguntó ella.

—Preferiría comprar tu parte, pero es difícil pensar en eso teniéndote delante así.

—A mí también me resulta difícil, pero me voy acostumbrando.

—¿Ah, sí?

—Sí, ahora que sé que te estoy distrayendo —dijo ella con una sonrisa.

Patti siempre le había dicho que Allan era mucho más que el contrincante que conocía.

—¿Todavía quieres echarte atrás?

—Ni hablar. No sé si estás interesado en mí o si todo esto es un juego para ti.

Allan se puso de pie, la tomó de la muñeca y le colocó la mano en la entrepierna.

—¿A ti qué te parece?

Jessi acarició su miembro erecto por encima de sus pantalones cortos y apretó suavemente. Entonces, se detuvo.

–¿A qué estás esperando?

–Pensé que te gustaba tomarte las cosas con tranquilidad.

–Solo si te tengo debajo –replicó él.

Sintió que estaba húmeda y pensó que hacía tiempo que aquello había dejado de ser un juego. Allan era el único hombre que podía hacerle sentir así en aquel momento. No estaba segura del todo de que aquello le gustase, pero no iba a echarse atrás.

Sus vidas estaban entrelazadas y era una tontería fingir lo contrario.

–No estamos acatando las reglas –comentó ella.

–Contigo es difícil –dijo él.

La tomó en brazos y se dirigió hacia el dormitorio que había al fondo de la casa.

Ella lo rodeó con su brazo por los hombros y se quedó estudiando su rostro. Se le veía ruborizado, lo que achacó a la excitación. Tenía una mancha de nacimiento detrás de la oreja izquierda que nunca antes había visto, y se la acarició suavemente con el dedo. Él se estremeció y se volvió para mirarla, con sus ojos grises ardiendo de deseo.

Era evidente que Allan no estaba de humor para juegos y se alegró. Nunca había sido la clase de mujer a la que le gustaban los juegos en la cama. Siempre había intentado no mezclar el sexo con los sentimientos, ya que había aprendido desde muy joven que eso era lo que la mayoría de los hombres hacía.

–Me gusta sentir tus manos acariciándome.

—Me alegro, porque tengo pensado acariciarte por todas partes —dijo ella.

La dejó en el suelo cerca de la cama, puso el monitor del bebé en la cómoda y cerró la puerta de un empujón. Luego, la sujetó por las caderas y permanecieron unos minutos mirándose. Aquello era la calma antes de la tormenta.

Allan volvió a acariciarle el tatuaje. Una y otra vez dibujó la forma del cuervo, y Jessi sintió una oleada de placer extendiéndose por todo su cuerpo, sin dejar de observar su rostro mientras la acariciaba.

Después de aquel momento resultaba imposible creer que lo hubiera dejado indiferente. La prueba de cuánto lo excitaba la tuvo en la forma en que sus ojos entornados la miraron al inclinar la cabeza hacia ella. Luego, lo confirmó al sentir el ardor de su beso.

Sus labios se movieron sobre los de ella con firmeza. Con aquel beso, la estaba reclamando como suya. Aquello no se parecía en nada a la primera vez que había coqueteado con ella. Esta vez estaba decidido a dejarle huella y, al abrazarlo y atraerlo para unir sus cuerpos, pensó que aquello era todo lo que deseaba. Era consciente de que no era su decisión más sensata y que tendría sus consecuencias, pero no le importaba.

Lo deseaba y estaba decidida a tenerlo. Le metió la lengua en la boca y, mientras él la sujetaba por la cintura, ella deslizó una mano y acarició su erección.

Allan fue descendiendo con su otra mano por el cuello, siguiendo la trayectoria de sus costillas, hasta llegar a su ombligo. Sus caricias eran demasiado íntimas y habilidosas, y Jessi echó hacia atrás la cabeza para mirarlo.

Tenía los ojos medio entornados, aunque sentía la intensidad de su mirada. La empujó hacia atrás hasta que sus muslos se toparon con el borde de la cama y se sentó. Le sonrió mientras le deslizaba la blusa por los hombros y luego la dejó caer. Jessi se deshizo del sujetador y buscó sus pantalones. No quería ser la única que estuviera desnuda.

Se sentía vulnerable y quería buscar el equilibrio entre ambos. Si hubiera sido cualquier otro hombre, le habría hecho cambiar de postura y se habría hecho con el control de la situación. Pero con Allan todo era diferente y siempre lo había sido.

En un momento de lucidez, reconoció que, desde el primer momento en que se habían conocido, había sentido atracción.

Allan la tomó de las manos para impedir que le desabrochara los pantalones.

–Todavía no.

–Sí –dijo ella.

–No. Deja las manos en la cama, junto a tus caderas –le ordenó.

Su voz era enérgica y autoritaria, y una oleada de calor se extendió por sus entrañas.

–Ya no estás al mando.

–Claro que sí –replicó él.

Luego se arrodilló y le llevó las manos a la espalda. Jessi lo sintió cerca de sus pechos y arqueó la espalda, buscándolo. Él la llenó de besos y luego le pasó la lengua por las areolas.

Jessi se estremeció, retorciéndose en la cama para aliviar la tensión de su entrepierna. Luego, separó los muslos y él se colocó entre ellos. Se sentía completamente dominada físicamente por él. Allan le sujetó las manos por detrás, obligándola con su cuerpo a separar los muslos mientras hundía la cabeza entre sus pechos.

Aunque no estaba llevando la iniciativa, sabía por su respiración entrecortada y la manera en que la sujetaba que lo tenía cautivado. Su cuerpo, que nunca había considerado el ideal de belleza, la hacía sentirse orgullosa en aquel momento. Se sentía capaz de hacer que aquel hombre fuerte y dominante cayera a sus pies.

Se echó hacia delante y apoyó la cabeza en la de él mientras la chupaba un pezón. Luego separó aún más las piernas y empujó hacia delante con las caderas buscando su erección.

Allan levantó la cabeza y se separó de ella. Sin dejar de sujetarla por las muñecas, le subió la falda a la cintura y se detuvo al descubrir que llevaba medias con ligas. Luego gimió, se puso de pie y la hizo levantarse también.

—¿Me concedes el placer?

—¿Cómo?

—Quítate todo —dijo él.

—¿Qué te vas a quitar tú?

—Nada.

—No me parece justo.

—El sexo no tiene que ver nada con la justicia, sino con lo que nos excita. Y tengo la sensación de que si te quedas desnuda y yo vestido, te vas a excitar mucho.

Tenía razón, pero Jessi no estaba dispuesta a admitirlo. Le asustaba lo mucho que sabía de lo que quería sexualmente.

—De acuerdo, pero solo si te quitas la camisa.

—Está bien —dijo, y rápidamente se sacó la camisa por la cabeza.

Luego, se acercó a la butaca que había junto a la cama y se sentó.

Su pecho musculoso estaba cubierto de una ligera capa de vello. Le agradaba lo que veía y permaneció quieta unos segundos, devorándolo con la mirada.

Lentamente, sin apartar la vista de él, buscó la cremallera de su falda y se la bajó.

—¿Es esto lo que quieres?

Dejó que la falda se deslizara por sus caderas. Luego, cuando ya le había hecho esperar lo suficiente, sacudió las caderas y dejó que cayera al suelo.

—Recoge la falda —dijo él sin contestar a su pregunta.

Le dio la espalda y se agachó despacio, mirándolo por encima del hombro. Allan entornó los ojos mientras ella recogía la falda del suelo y la dejaba sobre la cama, junto a la blusa y el sujetador.

Jessi se estremeció al ver la expresión de su mirada. Lentamente fue deslizando sus bragas por las piernas y, una vez más, se agachó para quitárselas por encima de las botas. De repente, estaba detrás de ella, tomándola de la cintura e inclinado sobre ella. Sintió su potente erección contra sus nalgas mientras la atraía hacia sus caderas.

Ella extendió el brazo para mantener el equilibrio mientras él se frotaba contra ella. Sentía su miembro erecto largo y caliente, y se quedó a la espera de que la penetrara. Estaba húmeda y deseando que la hiciera suya. Quería dejarse llevar y disfrutar sin preocuparse de parecer vulnerable.

Allan se echó sobre ella y le susurró palabras atrevidas junto al oído que la excitaron aún más. Le dijo lo que pensaba hacerle y cómo iba a hundirse en ella. Jessi empujó hacia atrás con las caderas y se frotó contra él. Luego entrelazaron las manos y sintió cómo la punta de su miembro buscaba su entrada.

—Maldita sea, dame un segundo —dijo él.

Se volvió y ella permaneció inmóvil mientras lo oía abrir un cajón de la mesilla de noche. Lo miró y vio cómo abría un envoltorio y se ponía un preservativo. Se alegraba de haber sido previsora y haber tenido un preservativo a mano.

Volvió a colocarse detrás de ella, la tomó de la cintura y empezó a besarla por el cuello. Siguió mordisqueándola por la espalda mientras rodeaba sus pechos con las manos y pellizcaba suavemente sus pezones. Jessi lo sintió colocarse entre sus piernas y deslizar una de sus manos hacia su parte más femenina. Luego, empezó a trazar círculos sobre su clítoris y ella sacudió las caderas, buscando sus caricias, sin dejar de gemir.

Volvió a sentirlo junto a su entrada. Allan la provocó, colocó el extremo de su erección y empujó su cuerpo contra el suyo mientras ella arqueaba la espalda buscando que la penetrara. Pero él se apartó y ella jadeó.

De nuevo se echó sobre ella.

—¿Me deseas? —le susurró junto al oído.

—Sí —contestó entre jadeos—. Maldita sea, Allan, te deseo ahora mismo. Ya está bien de juegos.

—Lo mejor son los preliminares —dijo él frotándose de nuevo contra ella.

—No, lo mejor es la penetración —replicó Jessi.

Lo oyó gemir y de repente se hundió en su cuerpo de una embestida que la hizo sentir las primeras sacudidas del orgasmo. Luego se quedó inmóvil, a pesar de que intentó que siguiera moviéndose. Se limitó a permanecer hundido en su cuerpo mientras la besaba por el cuello y la acariciaba.

Pero era demasiado. Necesitaba sentirlo sacudiéndose contra ella para llegar al límite. Ya no soportaba más los escalofríos que la recorrían.

—Ya está bien de esperar —dijo ella—. Tómame.

—Todavía no.

Parecía estar hablando entre dientes.

Jessi se contrajo alrededor de él y volvió a oírlo gemir antes de que empezara a moverse. Sus caderas la embestían con tanta fuerza que tuvo que agarrarse para quedarse quieta mientras él entraba y salía de su cuerpo, haciéndola disfrutar.

Luego arqueó la espalda para sentirlo más profundamente, desesperada por llegar al clímax. Sintió su aliento cálido en el cuello y su cuerpo sudoroso agitándose cada vez más deprisa contra el suyo, mientras los primeros espasmos del orgasmo se apoderaban de ella. Le oyó gritar su nombre y se hundió tres veces más antes de desplomarse sobre ella y dejar la cabeza apoyada entre sus omoplatos.

Allan le dio un beso con tanta ternura que sintió que el corazón le daba un vuelco. Se suponía que era un playboy arrogante. Alguien como él no la besaría con tanta suavidad. Al menos, eso era lo que siempre había pensado de Allan.

Jessi sacudió la cabeza y trató de fingir que aquel orgasmo era uno más, pero sabía que era diferente. En el fondo, era consciente de que todo había cambiado entre ellos.

¿Por qué tenía que ser Allan McKinney, el hombre que siempre había encarnado al demonio, el hombre con el que había alcanzado el orgasmo más intenso de toda su vida?

Allan salió de su cuerpo, sacándola de sus pensamientos. Sin saber muy bien qué decir, Jessi se irguió y lo miró. Nunca se había imaginado que estarían tan unidos, pero suponía que seguían siendo enemigos. Nada había cambiado, pero al mismo tiempo todo era diferente.

Allan maldijo para sus adentros y luego la atrajo

entre sus brazos, obligándola a apoyar la cabeza en su hombro.

—¿Qué estás haciendo? —preguntó ella.

—Escondiéndome.

—¿Escondiéndote de qué?

—De ti. Tienes una manera de mirarme que hace que me sienta como si no estuviese a la altura.

Sus palabras eran un tónico para su alma atribulada, y trató de no tomárselas al pie de la letra. Se negaba a creer que hubiera vislumbrado su vulnerabilidad, pero a la vez sabía que así era, y no había manera de seguir enfrentándose a él y fingiendo que lo detestaba.

La verdad había salido por fin a la luz, pensó Jessi. Allan McKinney no era su peor enemigo, era tan solo un hombre al que encontraba muy sexy, y eso le afectaba más de lo que estaba dispuesta a admitir.

Capítulo Ocho

Jessi se despertó con el llanto de un bebé. Estaba en la cama, entre los brazos de Allan, y tardó unos segundos en darse cuenta de dónde estaba antes de saltar de la cama y recoger la primera prenda que encontró, la camisa de Allan. Se la puso mientras corría por el pasillo, con Allan pisándole los talones y subiéndose los pantalones cortos.

Entraron en la habitación de Hannah y la encontraron llorando en la cuna, agitando brazos y piernas en el aire. Se acercaron y Allan dejó que Jessi la tomara en brazos. La acunó y miró a Allan sintiéndose impotente.

—¿Qué crees que le pasa?

—Creo que quiere un biberón. Iré a prepararle uno mientras tú le cambias el pañal —dijo Allan sin esperar a que dijera algo.

Jessi puso al bebé en el cambiador y le quitó el pañal sucio. Le molestaba un poco que Allan tuviera razón. Seguramente también había acertado con el biberón. ¿Cómo era posible que supiera más de bebés que ella?

Sabía que no había visitado a sus amigos desde que Hannah había nacido. Los dos habían ido por su nacimiento y aquel día habían mantenido una tregua. Recordaba cómo habían estado a punto de abrazarse en la sala de espera del hospital al recibir la noticia de que acababa de nacer.

Hannah seguía llorando, y Jessi se inclinó sobre el bebé y empezó a tatarear la nana del móvil de la cuna.

—Deja de llorar, pequeña Hannah. Allan te va a traer un biberón y podrás seguir durmiendo.

—Aquí está —dijo Allan al volver a la habitación—. He comprobado la temperatura en mi muñeca y creo que está bien.

—Bien pensado. A mí ni siquiera se me habría ocurrido.

—¿Quieres darle el biberón o se lo doy yo?

—Hazlo tú.

Allan se acercó y tomó al bebé en brazos antes de llevarle el biberón a la boca. Se quedó al lado de Jessi mientras el bebé comía con ansia y le sujetaba un dedo con fuerza.

Los dos adultos permanecieron observando a Hannah, y Jessi volvió a lamentar la pérdida de John y Patti.

—Me pregunto cuántas veces estuvieron así sus padres —murmuró ella.

—Estaba pensando lo mismo —dijo Allan—. Es un pecado que estemos nosotros aquí en vez de ellos.

Jessi estaba de acuerdo. No tenía sentido que John y Patti hubieran muerto teniendo tanta vida por delante. Se inclinó y acarició la mejilla de Hannah mientras la pequeña seguía tomando el biberón e iba cerrando los ojos.

—Es preciosa. No permitiré que nada malo le pase nunca.

—Yo tampoco —convino Allan.

Se volvió para mirarlo y vio que estaba observando a Hannah tan embelesado como ella.

—Lo dices de verdad.

—Por supuesto que sí. Prometí cuidarla.

—A veces las chicas necesitan cosas que los hombres no saben —comentó Jessi.

Él la miró y entonces se dio cuenta de que había revelado más de lo que pretendía.

—¿Por eso eres tan susceptible?

—No lo soy —replicó sonriendo—. Es solo que no espero que nadie libre mis batallas por mí, al menos, las que más me importan. Quiero que la pequeña Hannah sepa que siempre me tendrá de su lado, pase lo que pase.

—¿A qué batallas te refieres?

—A todas. Soy muy beligerante, como ya te habrás dado cuenta.

—¿Como tu padre?

—Y como mi abuelo. Ambos tenían sus ideas de cómo una Chandler debía comportarse y de qué debía hacer.

—¿Dedicarse a los videojuegos y arruinar a los Montrose? —sugirió Allan.

Jessi se quedó pensativa y se preguntó si, en el fondo, era aquello lo que motivaba los deseos de su abuelo. Su familia nunca se había preocupado de Thomas Montrose ni de sus herederos.

—No hablamos mucho de tu familia.

A Allan le cambió la expresión.

—Tu abuelo se llevó por delante al mío y nunca se preocupó de las consecuencias, ¿verdad?

Jessi nunca había considerado de aquella manera la expulsión de Thomas Montrose de la compañía de videojuegos que había fundado con su abuelo. Había algo de verdad en lo que Allan había dicho. Gregory Chandler solo se había preocupado de sí mismo, una característica que su padre había heredado.

—A mi abuelo no se le daba bien relacionarse con nadie —dijo Jessi—. Supongo que podría decirse lo mismo de mí.

Allan llevó a Hannah a la cuna y la puso a dormir. Jessi llegó junto a él cuando le estaba quitando el biberón vacío y ambos contuvieron la respiración, confiando en que no se despertara.

Allan miró sonriente a Jessi, que le devolvió la sonrisa. Habían evitado una crisis en mitad de la noche. Cuando salieron al pasillo, ella enfiló de vuelta a su habitación, pero Allan la detuvo, tomándola del codo.

—No te pareces en nada a tu abuelo.

—¿Cómo lo sabes? —preguntó Jessi.

—Según todos los informes, lo único que le preocupaba eran los resultados. Para él, las personas que trabajaban en su compañía no eran más que piezas que mantenían la máquina funcionando. Pero tú no eres así, Jess, tú te preocupas por la gente que te rodea. Te he visto defenderlos con pasión.

—Sí, cierto. Me sorprende que John pudiera perdonarme por lo que hice. Mi intención era buena cuando contraté al investigador privado para que indagara en su pasado.

Trató de contener la emoción que sintió al oír que la llamaba Jess. Solo sus amigos más íntimos se referían a ella así. Quizá no significara nada, quizá había sido tan solo un error.

—John me dijo que no le quedaba otro remedio que perdonarte porque habías cuidado de Patti hasta que él la había encontrado.

—Era un buen tipo. Patti tuvo suerte de enamorarse de él.

Jessi sintió un nudo en la garganta y se volvió, pero Allan se dio cuenta y la atrajo entre sus brazos. Por primera vez desde que lo conocía, sintió un momento de paz mientras la reconfortaba de su pena.

Allan sujetaba el biberón con una mano mientras abrazaba a Jessi con el otro brazo. A pesar de que lo intentaba, le resultaba imposible mantener las distancias. No dejaba de verla como mujer, no como enemiga ni como la nieta del hombre que había arruinado la vida de su abuelo. Era tan solo una mujer que había sido herida.

Aquello era peligroso, pensó. El sexo era una cosa, pero los sentimientos… No quería sentir nada por ella. Podía perder la firmeza con la que siempre había mantenido el control y no podía permitírselo.

No solo por la situación con Kell y el trabajo, sino también por Hannah. Si Jessi y él tenían una relación más allá del sexo, sería el fin de todo. No le cabía ninguna duda. Y luego, tendrían que seguir viéndose de por vida en todos los momentos importantes de la vida de Hannah.

Sería difícil, más difícil de lo que había sido cuando sus amigos se habían casado y Jessi y él no se soportaban. Lo sabía muy bien, pero también sabía que le gustaba aspirar su perfume teniéndola acurrucada contra su pecho. Teniéndola así, junto a su corazón, era fácil olvidarse de que era Jessi. Pero a la vez, sabía muy bien quién era. Era esa yuxtaposición la que hacía que aquel momento fuera insoportable para él. Era incapaz de dejar caer el brazo y apartarse de ella, algo que sabía debía hacer.

Aun así no lo hizo. En vez de eso, dejó caer el biberón al suelo para rodearla con los dos brazos, y ella levantó la cabeza para mirarlo. En sus ojos vio la misma confusión que sentía en su interior. Aquello era un error. Ambos lo sabían, pero no podían detenerlo.

Cerró los ojos tratando de recordar todas las razones por las que debía olvidarse de ella y entonces sintió algo que lo hacía imposible: sus labios rozando los suyos.

–Gracias por ser casi humano –dijo en voz muy baja.

–De nada –contestó sonriendo, y abrió los ojos para mirarla.

Sus ojos grises estaban empañados y, por un instante, deseó ser un hombre diferente, alguien que supiera cómo calmar la ferocidad que veía en ellos.

–Siempre soy así –afirmó abrazándola con fuerza.

Ella sacudió la cabeza y puso una mano en su hombro mientras lo miraba a los ojos. Sabía que estaba buscando algo, probablemente las respuestas a las preguntas que tenía en la cabeza. Pero no sabía si las encontraría. Ni siquiera él sabía cuáles eran las respuestas.

Abrió la boca para decir algo, pero él le puso un dedo sobre los labios.

–No digas nada. No vamos a cambiar esto.

Jessi asintió, lo tomó de la mano y lo condujo por el pasillo hasta la habitación que estaba ocupando. Allan la siguió, aunque sabía que no era lo más sensato. Aquel no era un encuentro sexual controlado. Estaba muy emocionada y mentiría si dijera que él no. Sabía que algo le pasaba por dentro. Tal vez fuera la pérdida de su amigo. O quizá…

¿A quién le importaba? No estaba dispuesto a rechazar a Jessi en aquel momento. Ya pensaría algo más tarde.

Ella se detuvo bajo el umbral de la puerta y lo miró por encima del hombro. Estaba muy guapa con aquel corte de pelo y con su camisa cubriéndole hasta los muslos.

–Maldita sea, eres muy sexy –dijo tirando del borde de la camisa.

–No llevo sedas ni encajes.

–Creo que por eso te encuentro tan irresistible –admitió–. Llevas mi camisa.

–Esto no cambia nada –dijo ella con una nota de advertencia en la voz.

Lo cambiaba todo y lo sabía. Al negarlo, le estaba enviando el mensaje de que al día siguiente podían comportarse como si la única razón para estar juntos fuera la muerte de sus amigos. Pero todo había cambiado la noche anterior y no había vuelta a tras, dijera lo que dijese.

Él asintió, la tomó en brazos y la llevó hasta el dormitorio, dejándola caer en el centro de la cama.

–No has sido muy delicado –dijo Jessi arqueando una ceja.

–No soy delicado ni romántico, y lo sabes.

Quería que entendiera cómo era. En el fondo, no era refinado ni sofisticado. Daba igual que tuviera dinero y que pudiera comprar lo que quisiera y a quien quisiera. Necesitaba que Jessi comprendiera que haber crecido a la sombra del odio lo había convertido en un hombre poco galante. Había luchado por todo lo que tenía y dudaba que hubiera alguna fuerza terrenal que pudiera hacerlo cambiar.

Ni siquiera Jessi Chandler, con sus besos, sus suaves muslos o aquellos fuertes brazos con los que lo atraía hacia ella. Sabía que huía de algo y que lo estaba usando, lo que le hacía más fácil engañarse a sí mismo y fingir que él también la estaba usando.

Hacía tiempo que Jessi había asumido que muchas de las cosas que hacía podían parecerle estúpidas a los demás, como lo que estaba a punto de hacer aquella noche. Pero ese tipo de comportamiento la hacía sentirse viva y la distraía de otras cosas que la asustaban, como lo tierno que era Allan con la pequeña Hannah.

Jessi quería sacarse aquella imagen de la cabeza. Quería que fuera una relación esporádica y, mientras lo observaba quitándose los pantalones junto a la cama, lo último en lo que estaba pensando era en temas sentimentales.

No había tenido ocasión de verlo bien antes y, cuando apoyó la rodilla en la cama para acercarse a ella, le acarició el muslo. Trató de concentrarse en sus músculos en vez de en su erección. Pero cuando volvió la cabeza para mirar su miembro, contuvo la respiración al ver su tamaño. Un estremecimiento la recorrió y todo su cuerpo se puso en alerta.

Rodeó su erección con la mano y la acarició de arriba a abajo, hasta que él se sentó a horcajadas sobre su cintura. Luego soltó su sexo y levantó las manos hacia su pecho.

Estaba caliente y su vello le hizo sentir cosquillas en los dedos al acariciarlo. Allan le quitó la camisa por la cabeza y la dejó a un lado. Luego se quedó mirándola sin decir nada, simplemente se limitó a acariciarle el torso, tomarla de la cintura y tumbarse a su lado.

Ambos estaban desnudos y, a pesar de que no quería admitirlo, le agradaba la sensación de sentir sus cuerpos pegados. Encajaban a la perfección, como si estuvieran hechos el uno para el otro.

Allan empujó un muslo entre sus piernas y la tomó de las caderas para atraerla. Al sentir la punta de su miembro junto a su sexo, Jessi se estremeció y echó la cabeza hacia atrás mientras él tomaba sus labios con los suyos. Sus besos eran largos y apasionados. Solo podía pensar en sus caricias y en lo mucho que deseaba que la hiciera suya.

Ella deslizó una mano por su espalda y, al llegar a sus nalgas, clavó las uñas atrayéndolo mientras lo buscaba con las caderas. Él gimió su nombre.

Allan se estremeció entre sus brazos y Jessi sintió la fuerza de su feminidad apoderándose de ella. Envalentonada, lo empujó para que se tumbara de espaldas y se subió a su regazo.

Él sonrió con una expresión que nunca antes le había visto. Luego rodeó sus pechos con las manos mientras ella se colocaba sobre la punta de su erección. Al sentirlo junto a su cuerpo, cayó en la cuenta de que estaba a punto de tener sexo sin protección.

Maldijo entre dientes y se apartó.

—¿Qué pasa? Ah, el preservativo.

—No tengo ninguno.

—Yo sí, pero no quiero salir de tu cama.

Lo entendía, pero no le gustaba vivir con remordimientos. El impacto de las últimas horas y la idea de que no estaba preparada para tener hijos le hicieron tomar más precauciones.

—Pues vas a tener que hacerlo.

Él suspiró y salió de debajo de ella. Al momento volvió con el preservativo ya puesto, se metió en la cama y la colocó de nuevo sobre su regazo. Sin decir nada, le metió la mano por el pelo y fundió sus labios con los suyos en un apasionado beso que no dejó ninguna duda de lo excitado que estaba.

Jessi apoyó las manos en sus hombros y lo miró fijamente mientras se hundía en él. Allan tenía los ojos cerrados y el cuello arqueado hacia atrás, y ella se inclinó hacia delante para acercar su cabeza a la suya y meterle la lengua en la boca mientras lo montaba.

Sus manos acariciaron su espalda y rodearon sus nalgas, animándola a acelerar el ritmo. Al hacerlo, ambos se acercaron al clímax y fue ella la que primero lo alcanzó. Él siguió empujando dentro de ella y buscó uno de sus pezones para chuparlo con fuerza mientras sus caderas se agitaban. Luego se aferró a sus caderas y tiró de ellas hacia abajo mientras gritaba su nombre.

Volvió el rostro hacia un lado y la abrazó con fuerza contra el pecho al desplomarse sobre él.

Quería creer que nada había cambiado, tal y como se había dicho un rato antes. Pero allí, tumbada entre sus brazos mientras se adormecía, se dio cuenta de que todo había cambiado. Ya no estaba tan segura de que ignorar sus sentimientos fuera una opción porque, sin que lo esperara, Allan había logrado traspasar la coraza con la que se protegía.

Capítulo Nueve

Allan se despertó con los rayos de sol que entraban por la ventana, solo en la habitación. Sabía dónde estaba y recordaba haber pasado la noche abrazado a Jessi, pero no la veía por ninguna parte.

Tampoco estaba Hannah, como pudo comprobar después de ponerse los pantalones e ir a buscarla a su habitación. En la cocina se encontró a Fawkes tomando café y haciendo el crucigrama del periódico en su iPad.

–Buenos días, señor. ¿Quiere desayunar? –preguntó el mayordomo–. La señorita Jessi le ha dejado una nota. Está en la encimera.

–Me tomaré un café –contestó Allan, y le hizo una señal para que permaneciera sentado mientras él mismo se servía el café–. Esta mañana voy ir al despacho de John y también tengo que hablar con la funeraria para asegurarme de que todo esté preparado para el sábado.

–Tengo el coche listo. La señorita Jessi me ha pedido que la recoja a mediodía en la residencia de la isla de Hatteras. ¿Se acomoda a sus planes? –preguntó Fawkes.

Allan asintió. Jessi había llevado a Hannah a ver a su abuela.

–Voy a ducharme y después nos iremos.

–Sí, señor.

Allan tomó la nota y la taza de café y volvió a la habitación en la que se estaba quedando. Se sentó al borde de la cama y desdobló la nota.

Allan,

Me he ido con Hannah a visitar a Amelia a la residencia de Hatteras. No sé si nos reconocerá, pero quiero ir a verla para ver si puedo hacerle entender que Patti ha muerto. Espero que no te importe que le haya pedido a Fawkes que nos lleve y nos recoja. El pobre estaba esperando a que te levantaras.

Tal y como había imaginado, no había ninguna referencia a la noche anterior. A pesar de sus diferencias, eran muy parecidos, pensó mientras se duchaba y vestía. Los dos querían evitar dejar entrever cualquier cosa que les hiciera parecer débiles, especialmente los sentimientos.

Comprobó su correo electrónico y vio que Jessi había mandado el plan de objetivos revisado. Le había enviado una copia de uno de los correos que se había intercambiado con Kell en el que mencionaba tres reuniones que había concertado con una productora de Hollywood que estaba rodando una película basada en un libro muy exitoso. También se las había arreglado para conseguir una reunión con Jack White, uno de los directores más solicitados de la industria.

Admiraba su iniciativa y su perseverancia, y se

preguntó cuándo había tenido tiempo para hacer todo aquello. ¿Lo habría hecho mientas él dormía? Le molestaba que hubiera podido verlo dormido en sus brazos. Hacía mucho tiempo que no estaba tan relajado y había dormido profundamente.

Apartó aquel pensamiento y leyó los correos electrónicos que Kell les había mandado a Dec y a él.

Si puede conseguir todo eso, vamos a tener que reconsiderar la idea de prescindir de ella. Mantenme informado, Allan. Necesito saber cómo se desarrollan los acontecimientos.

Kell no parecía muy contento, pero era un hombre justo y, si Jessi cumplía los objetivos que le habían puesto, su primo cumpliría su palabra. Allan contestó a sus primos antes de ponerse a trabajar, sin dejar de analizar el plan de Jessi. Era evidente que había estado dándole vueltas al tema. Era como si a otra persona se le hubiera ocurrido un plan diferente a lo que le había contado unos días antes.

La propuesta anterior era la de alguien que no tenía ningún interés, pero aquella idea nueva era innovadora y ocurrente. Mentiría si no dijera que estaba impresionado. ¿Qué le había hecho cambiar de opinión?

Era evidente que así era, pero en aquel momento no tenía tiempo de indagar. Salió para el almacén en el que John guardaba sus cosas. John y Patti habían dejado sus carreras para abrir el hotel rural, ella como decoradora y él como abogado.

Cuando Allan llegó a las instalaciones y empezó a revisar las cajas de su amigo, por fin comprendió por qué John había decidido cambiar de vida.

Si su amigo hubiera seguido viviendo en Los Ángeles y no se hubiera casado con Patti, todo lo que habría dejado habrían sido aquellas cajas. La mayoría eran papeles y documentos relacionados con sus clientes.

Allan sacudió la cabeza, sorprendido de que la muerte de John le estuviera haciendo replantearse su vida. Pero había una gran diferencia entre su amigo y él, y era Patti. John había encontrado su alma gemela, una mujer con la que había compartido sus sueños y una forma de entender la vida. Allan no había encontrado nunca a nadie así, y dudaba de que alguna vez lo hiciera.

Le gustaba estar solo y, sin nadie a quien tener que dar explicaciones, podía hacer lo que quisiera.

Recibió un mensaje de texto de Fawkes informándole de que iba a salir a recoger a Jessi y Hannah. De repente, no le apetecía seguir revisando aquellas cajas. Quería estar con Jessi y comprobar si algo en ella había cambiado.

Había percibido algo diferente en la nota y en los correos electrónicos de aquella mañana, y tenía curiosidad por saber de qué se trataba. Era importante descubrirlo para avisar a Kell y no olvidar que Playtone Games era su prioridad, pero sabía que esa no era la única razón por la que la quería ver.

La echaba de menos. No le había gustado despertarse solo y quería saber si lo estaba evitando.

Podía tomarse como un gesto de cobardía, pero a él le parecía una retirada estratégica para recomponerse y reunir fuerzas.

Se preguntó por qué lo habría hecho. Una cosa era cierta: si era una maniobra calculada, había tenido éxito, porque no había dejado de pensar en ella en toda la mañana.

Jessi llevaba toda la mañana nerviosa, con la adrenalina disparada.

La casa en la que Amelia vivía parecía otro hotel rural, pero nada más entrar, el olor a antiséptico le hizo recordar que estaba en una residencia.

–Hola –le saludó la enfermera de turno al verla entrar.

Jessi cambió de brazo a Hannah para estrechar la mano de la enfermera.

–Hola, soy Jessi Chandler. Patti McCoy era mi mejor amiga y he venido con su hija para visitar a Amelia Pearson.

–Siéntese ahí y avisaré a Sophie, la enfermera de la señora Pearson.

Jessi se sentó y cinco minutos más tarde apareció una mujer con un vestido de flores.

–Hola, soy Sophie. Me han dicho que ha venido a ver a la señora Pearson.

–Sí, no hay inconveniente, ¿verdad?

–Vayamos a mi despacho a hablar. Hay algo que debería saber. ¿Quién es esta pequeña?

–Es Hannah, la nieta de Amelia.

La enfermera le acarició la barbilla a Hannah antes de enfilar hacia su despacho.

–Por favor, tome asiento.

–No quiero causar ningún problema –dijo Jessi sentándose–, pero me gustaría hablar directamente con Amelia y asegurarme de que comprende lo que le ha pasado a Patti.

–Ya le hemos dicho a la señora Pearson que su hija ha muerto.

–Me lo imaginaba, pero me sentiría mejor si pudiera verla.

–Hoy tiene un buen día, así que creo que podemos arreglarlo. Lo más importante es no alterarla. Le daré un panfleto para que lo lea mientras yo voy a ver si le apetece recibir visitas.

Jessi se quedó leyendo el papel y sintió un nudo en la boca del estómago. Le entristecía que la mujer que tan cariñosa había sido con ella y que la había tratado como a una hija estuviera perdida en un mundo de confusión.

–De acuerdo, todo listo. Se acuerda de usted y está deseando verla –anunció Sophie a su vuelta.

–Estupendo.

Jessi siguió a la enfermera hasta el solario, en donde la señora Pearson esperaba sentada en una mecedora.

–Jessi, cuánto me alegro de verte –dijo Amelia nada más verla, y se puso de pie para saludarla con un abrazo–. Pero qué bebé más bonito, ¿es tuyo?

–No, es la hija de Patti –contestó Jessi, en un tono tranquilo y calmado.

Sophie se quedó en un rincón observándolas, lo que hacía más incómoda la situación.

–¿Puedo tomar en brazos a tu bebé? –preguntó Amelia.

Jessise se volvió hacia Sophie, que asintió con la cabeza, y entonces puso a Hannah en brazos de su abuela, que la sujetó con suma ternura.

Jessi sacó su teléfono móvil y, mientras Amelia miraba fijamente a su nieta mientras la hablaba, les hizo una foto. Sabía que algún día le haría ilusión a Hannah ver aquella foto. Luego se recostó en el asiento y Amelia la miró.

–Patti es muy buena niña. Su padre viaja mucho, pero ella no se queja.

Jessi miró a Sophie y recordó que el panfleto decía que no debía llevarle la contraria.

–Patti fue una niña estupenda. Esta es su hija Hannah. A veces es un poco inquieta, pero también es muy buena.

–¿Hannah? Mi mejor amiga de niña se llamaba Anna. Hace años que no hablo con ella –dijo Amelia.

–Suele ocurrir con el paso de los años. ¿Se acuerda de que yo era la mejor amiga de Patti, verdad?

–Claro que me acuerdo. Tuvo mucha suerte de tener una amiga como tú. Recuerdo la primera vez que viniste a nuestra casa. Os habíais metido en una pelea.

Jessi asintió. Aquel día había estado defendiendo a Cari de unos niños que solían tirarle de las trenzas. En la pelea, Jessi se había rasgado la camiseta y sabía que la regañarían si volvía a casa así, por lo que Patti la había invitado a la suya.

–Fue muy amable conmigo, señora Pearson. Me cosió la camiseta y me dio galletas, y me prometió no contarle a mi padre que había tenido una pelea.

–Me di cuenta de que necesitabas unos mimos.

Jessi tragó saliva. En aquel momento estaba cansada de ser la mediana de las hermanas Chandler y había querido sentirse única. La madre de Patti la había hecho sentirse bien.

–Patti está durmiendo mucho hoy. Luego por la noche no dormirá.

–No pasa nada si Hannah duerme mucho, Amelia –la corrigió sutilmente–. No creo que le afecte por la noche.

–Por supuesto que sí –dijo Amelia–. Derek se enfadará si el bebé no le deja dormir. Necesita descansar.

–Claro, pero ella es Hannah, no Patti –repitió Jessi.

Sophie se dirigió rápidamente hacia ellas al ver que Amelia comenzaba a agitar a Hannah.

Jessi se levantó de un salto y apartó a Hannah de los brazos de su abuela justo en el momento en que empezaba a llorar. Sophie trató de calmar a Amelia, que parecía estarse alterando con el llanto del bebé. Jessi apoyó a la pequeña en su hombro y le acarició la espalda, en un intento por tranquilizarla.

–Está bien, Amelia –decía la enfermera–. Señorita Chandler, ¿por qué no se va fuera? Alguien del personal la llevará con el médico que esté de turno.

Jessi salió al pasillo y se encontró a una de las enfermeras esperándola, junto a dos celadores que enseguida entraron para ayudar a calmar a Amelia. Sintió una gran pena al ver cómo se había deteriorado aquella mujer que tan cariñosa había sido con ella en otra época.

Hannah seguía llorando y Jessi sacó el chupete de la bolsa de los pañales. El bebé se tranquilizó en cuanto se lo metió en la boca.

–Creo que será mejor que le pida al médico que reconozca a Hannah. Amelia la ha zarandeado –le dijo a la enfermera.

–La llevaré con él. ¿Está bien?

–Sí, pero no he podido decirle que Patti está muerta. No creo que lo entienda.

–Ya se lo hemos dicho y su enfermera se encargará de recordarle ese tipo de cosas cuando haga falta.

Jessi se dio cuenta de que no había nada más que pudiera hacer. Viendo a la señora Pearson en aquel estado, se alegraba de que la batalla de su madre contra el cáncer hubiera sido breve. Habría sido muy duro verla sufrir como lo estaba haciendo Amelia.

–Soy el doctor Gold –dijo el médico al entrar en la consulta–. Me han dicho que ha tenido un pequeño incidente.

–Sí. Quisiera que reconociera a Hannah. La han zarandeado.

—Enseguida. Túmbela en esa camilla y sujétela de las manos.

El médico reconoció a la pequeña y luego miró a Jessi.

—Está bien.

—Gracias, doctor.

Jessi le había enviado un mensaje a Fawkes para que fuera a buscarlas, pero no había llegado cuando salió, y decidió quedarse a esperar bajo el cálido sol de octubre.

Cuando el coche llegó cinco minutos más tarde, gruñó al ver que Fawkes no estaba al volante. Era Allan el que conducía. Bajó del coche y se quitó las gafas.

—¿Estás bien?

—Sí. Amelia tuvo una crisis y tuvimos que terminar la visita.

No quería contar nada más porque todavía seguía temblando por lo que había pasado.

—¿Qué clase de crisis? —preguntó Allan.

Abrió la puerta trasera y extendió los brazos para ocuparse de Hannah.

Jessi le pasó a la niña y se fijó en que la besó en la frente antes de colocarla en su asiento del coche y abrocharle el cinturón.

—¿Qué clase de crisis, Jessi? —repitió Allan al cerrar la puerta.

Jessi se dio cuenta de que se había quedado mirándolo fijamente. Por su culpa, últimamente andaba descentrada, y eso no le gustaba.

—Dijo que el bebé estaba durmiendo demasiado

y se puso a zarandearlo en el aire para despertarlo. Luego, se puso muy nerviosa cuando se lo quité de los brazos y oyó que Hannah lloraba. Tuve que irme para que la enfermera y los celadores la tranquilizaran.

—¿Zarandeó a Hannah?

—Sí. El médico la ha examinado y está bien. Antes de irme me han dicho que habían sedado a Amelia y que estaba durmiendo.

Allan le abrió la puerta. Jessi se metió en el coche y lo observó rodear el coche y sentarse al volante. Luego encendió el motor y se volvió hacia ella.

—Ha tenido que ser muy difícil ver así a la madre de Patti.

—Sí, lo ha sido, y eso me ha hecho ser más consciente de que somos la única familia que tiene. Amelia nunca será una abuela para ella.

—Vamos a hacerlo muy bien. Juntos nos aseguraremos de que tenga la familia que necesita —sentenció Allan.

Había hablado como si formaran un equipo, una familia, y Jessi no supo qué decir. Permaneció en silencio mientras recorrían la estrecha carretera de vuelta al hotel. No sabía qué pensar acerca de mantener un vínculo con Allan McKinney durante el resto de su vida. Lo que más le molestaba era que no le fastidiaba tanto como habría imaginado.

Mientras Jessi ponía a Hannah a dormir la siesta, Allan se sirvió un vaso del té helado que había preparado Fawkes y salió al porche. Quería aprovechar para leer otro capítulo de uno de los libros sobre el cuidado de bebés que había descargado en su teléfono.

—¿Qué estás leyendo? —preguntó Jessi al verlo, y se sentó junto a él en el balancín.

—Ah, nada. He visto el plan tan ambicioso que tienes para conseguir hacer negocios con Jack White.

—Sé que es atrevido, pero ese es mi estilo. Aceptó encantado la reunión cuando apelé a su sentido de la justicia.

—¿Cómo lo hiciste?

—Simplemente le recordé que al principio de su carrera tuvo que recurrir a personas de renombre para que lo ayudaran. Uno de ellos fue mi abuelo, que invirtió mucho dinero en Project 17.

—No sabía eso de tu abuelo —dijo Allan.

Los Montrose habían dedicado mucho tiempo a estudiar los negocios de Gregory Chandler, pero solo en lo relativo a los videojuegos. Allan supuso que eso era lo único que le interesaba a su abuelo. Aun así, aquella era una información clave que deberían haber sabido.

—Pues sí, así fue. Project 17 se convirtió en su primer gran éxito, así que se lo recordé y le pedí una reunión.

—Me alegro de que lo hayas conseguido, pero siento curiosidad por algo.

Allan la miró. Llevaba unos pantalones blancos que le llegaban a medio muslo y un top sin mangas que le marcaba los pechos y le quedaba suelto en la cintura. Se había puesto una chaqueta vaquera y unas sandalias con un poco de tacón. Por una vez, tenía el aspecto de cualquier otra mujer de la isla.

Parecía que algo estaba cambiando en Jessi, y se preguntó qué sería, o, más bien, cómo podía aprovecharse en su beneficio. Porque, a pesar de los cambios, suponía que seguían en guerra y que siempre lo estarían. ¿Sería así o estaría equivocado? Lo que había pasado la noche anterior, ¿la habría hecho cambiar hasta el punto de haber alcanzado una tregua?

Se había despertado con la sensación de que algo en él había cambiado, pero cuando había descubierto que no estaba... Le había molestado que lo hubiera dejado solo en su cama.

—¿Qué?

—Bueno, dos cosas —respondió él.

Jessi arqueó las cejas y le animó con un gesto a continuar. Allan se dio cuenta de que no había cambiado tanto como había imaginado, y de nuevo se preguntó si los cambios se habían producido en ella o en él.

—¿A qué se debe esta nueva actitud en relación con Playtone–Infinity Games? No me digas que nada ha cambiado. La semana pasada no estabas dispuesta a contactar con Jack White. ¿Por qué ahora?

—Por Hannah. Voy a ser su figura materna, y sé que los niños aprenden más por lo que hacemos que por lo que decimos. Si cuando le diga que siempre tiene que esforzarse, sea cual sea la situación, se entera de que no hice nada para impedir que me despidieran….

–¿Cómo va a enterarse? Solo tiene tres meses –la interrumpió Allan, y se volvió para mirarla.

–Suponía que dirías eso. Es solo que no quiero que sea un problema. ¿Cuál es tu segunda pregunta? –preguntó, y se recostó en el respaldo para contemplar el estrecho de Pamlico.

–No quiero que cambies de conversación.

–Lástima –replicó ella–. ¿Tienes otra pregunta o no?

–La tengo. ¿Por qué no me despertaste esta mañana?

Lentamente, Jessi se echó hacia delante, mordiéndose el labio inferior. Luego se irguió y lo miró.

–No creo que seas un hombre al que le gusten las mujeres empalagosas, y Dios sabe que no soy así.

–Mentirosa.

Había distinguido una nota desafiante en su comentario.

–¿Por qué viniste a mi cama anoche? –preguntó Jessi–. Y no me digas que fue algo físico.

Allan sabía que había dos maneras de afrontar aquello. Una con retórica y bravuconadas, y la otra, con honestidad.

Alargó la mano y buscó la suya.

–Porque no pude evitarlo –contestó–. No sé qué tienes, Jessi Chandler, que haces que me comporte de una manera… Digamos que me haces olvidarlo todo.

–¿Ah, sí? No me lo creo –replicó ella–. Creo que te asalta un impulso incontrolable y no puedes resistirlo por ver qué pasa.

–No soy tan impredecible. No me gusta dejarme amilanar por ti por miedo a que lo interpretes como una señal de debilidad. Y como dijiste antes, los gestos son más elocuentes que las palabras.

–No te tengo por alguien débil –le confió, en tono más suave.

Pero seguía habiendo cierta nota desafiante en sus palabras y Allan se dio cuenta de que había una cosa muy clara en Jessi de la que no se había dado cuenta hasta aquel momento: siempre estaba en alerta, lista para actuar. Tenía que decidir si iba a dejarlo correr y limitarse a observar o unirse a ella en aquella loca aventura.

Capítulo Diez

Después de los entierros, cayeron en una especie de rutina. Kell no había asistido, pero Dec, Cari y Emma sí. Había sido muy triste y se había alegrado de tener a sus hermanas allí, aunque su estancia hubiera sido breve.

Pensaba que Reggie habría resuelto el asunto de la custodia para entonces, pero el juez no parecía estarse dando prisa, por lo que no podían volver todavía a Los Ángeles. Además, estaba la tormenta tropical. Las primeras predicciones habían pronosticado que avanzaría hacia Florida y de ahí al golfo de México, pero se había estancado y estaba tomando fuerza y apuntando directamente hacia la costa atlántica.

Con los preparativos ante la llegada del huracán, tenía la excusa perfecta para no pasarse el día pensando en Allan. Lo último que quería era empezar a ver cierta normalidad en aquella situación, pero eso era exactamente lo que estaba pasando. Lo peor de todo era que cada mañana se despertaba ansiosa por desayunar con Allan mientras Fawkes hacía su crucigrama y Hannah tomaba su biberón.

Por la mañana solía estar callado hasta que tomaba la primera taza de café, lo que le sorprendía, porque el resto del tiempo era bastante hablador. Y Fawkes se deshacía con ella. Si tuviera que señalar cuándo había pasado, diría que en el funeral, cuando había rodeado por los hombros a Allan para evitar que se viniera abajo. No le gustaba recordar ese momento en el que lo había visto tan afectado y vulnerable.

Pero aquel momento había pasado y era consciente de que vivían en una especie de burbuja mientras esperaban a obtener la custodia de Hannah y resolvían los asuntos relativos al negocio de John y Patti. El otoño estaba a la vuelta de la esquina.

Como había temido, habían acabado convirtiéndose en una unidad familiar. Entre ellos había una tensión difícil de explicar. Y por agradable que fuera sentarse a desayunar por las mañanas, el resto del día les recordaba de una manera o de otra que seguían siendo miembros de dos familias enfrentadas.

Jessi no sabía si iba a poder volver a Los Ángeles a tiempo para su reunión con Jack White, y Kell no parecía dispuesto a darle más tiempo. Pasó todo un día considerando la idea de volver y renunciar a sus derechos sobre Hannah, pero al final decidió tratar de mantener su empleo en la nueva compañía fusionada por el bien de la niña.

El martes por la mañana, Allan y Jessi estaban sentados a la mesa de la cocina, con Hannah y Fawkes sumidos en su rutina diaria.

–¿Por qué me estás mirando fijamente? –preguntó Allan.

—Estoy maravillada de que puedas permanecer callado más de un segundo —contestó Jessi—. Cada mañana es como descubrir un tesoro nuevo.

Allan no dijo nada, se limitó a dar otro sorbo a su café y siguió leyendo el periódico en su iPad. O, al menos, eso era lo que ella pensaba que estaba leyendo hasta que Hannah dejó caer el biberón y la leche se desparramó por la mesa. Jessi tomó un paño de cocina y, al inclinarse para limpiar, vio que estaba leyendo un libro.

—¡Tramposo!

—¿Qué?

—¿Así que es eso lo que lees por las mañanas, un libro sobre bebés? Con razón se te da mejor ocuparte de Hannah que a mí.

—Me llevaré a la señorita Hannah a la otra habitación —dijo Fawkes tomando a la pequeña del portabebés.

—¿Por qué?

—No creo que le convenga oír una discusión —contestó mientras se marchaba.

—¿Vamos a discutir? —preguntó Allan una vez se quedaron a solas.

—No tengo ningún interés en hacerlo, pero ¿por qué no me lo has contado? Me preguntaba por qué sabías qué hacer en cada momento, pero supuse que te dejabas llevar por la intuición como yo. ¿Tan importante es ser mejor que yo?

—No me gusta perder —respondió él encogiéndose de hombros. Luego apagó su iPad antes de levantarse y servirse otro café.

–Pensé que las cosas estaban cambiando entre nosotros, pero ya veo que todo sigue igual.

Allan se apoyó en la encimera y, después de unos segundos, dejó la taza.

–No soy el mismo. Me descargué el libro porque no sabía nada y tenía miedo de hacer algo mal. No me gusta estar en una situación en la que no sé nada.

–¿Por qué no decirlo? Podías haberme sugerido que yo también leyera algo sobre los cuidados de un bebé. Está claro que no tengo instinto maternal.

–Jessi, eres maravillosa con Hannah. Incluso cuando te equivocas, sabes cómo tomar el camino correcto.

–Aun así, me habría gustado que me hubieras dicho algo.

–Si te hubiera sugerido que leyeras un libro sobre bebés, habrías saltado y me habrías dicho que no te diera órdenes.

–Cierto. Estaba convencida de que se te daban muy bien los niños. Me alegro de que no sea así. Estaba empezando a pensar que eras el superhombre que te crees que eres.

–¿Así que ahora ves mis puntos débiles? Creía que los conocías desde el primer momento en que nos vimos.

Jessi recordó aquel día. Nunca en su vida había estado tan asustada. Su mejor amiga había encontrado a su media naranja, y entonces se había dado cuenta de que Patti y ella no volverían a estar tan unidas nunca más. Y luego estaba aquel atractivo Allan mostrándose muy cómplice con Patti y John. Jessi había oído hablar de él en su familia, pero no esperaba que fuera tan antipático. Así que se había sentido muy sola, apartada, y le había dolido.

—Aquel día solo hablaste una vez.

Allan rio, echando la cabeza hacia atrás.

—Eres peor que un dolor de muelas, ¿lo sabías, verdad?

—Lo intento. Bueno, ¿cuándo dice ese libro que puede comer comida de verdad? —preguntó Jessi.

Prefería hablar del bebé que de ellos. Le había costado mantener la distancia durante la última semana, pero lo había hecho porque empezaba a gustarle demasiado y no quería que la atracción física entre ellos se hiciera más fuerte y se convirtiera en amor.

Eso la asustaba más que cualquier otra cosa que hubiera conocido en su vida. No se sentía preparada para entregar su corazón y su felicidad a un hombre que ocultaba tanto de sí mismo.

—A ver, voy a buscarlo.

De pronto se dio cuenta de que se había quedado ensimismada mirándolo.

—Voy a buscar a Fawkes y a Hannah —dijo, y salió sin volver la vista atrás.

Allan no prestaba atención a los sentimientos. Nunca se había sentido cómodo expresando sus emociones y nada de lo que había experimentado desde su llegada a Hatteras le había hecho cambiar de opinión. Los sentimientos creaban mucho estrés. Cuanto más se preocupaba por Hannah y Jessi, más se encariñaba con ellas. Había intentado un par de veces en los últimos días llevarse a Jessi a la cama, pero ella se había resistido. Probablemente fuera lo mejor.

Lo que necesitaba era volver a Los Ángeles y distanciarse de ella. No tenía contactos en Carolina del Norte para agilizar los trámites de la custodia de Hannah, y el juez no parecía tener prisa. A pesar de que Patti y John los habían designado tutores de su hija en su testamento, necesitaban cumplir una serie de trámites y visitas. Aunque Reggie estaba haciendo todo lo posible para acelerar el proceso, Allan no veía el momento de volver a California.

Quería que su vida volviera a la normalidad. Aunque nunca lo reconocería, estaba disfrutando la rutina de vivir con Jessi. Hannah era un encanto de niña y tenía que admitir que quería a aquella pequeña como si fuera su propia hija. Pero había algo surrealista en compartir aquel vínculo con Jessi.

Había cambiado en el tiempo que llevaban allí. Ya no vestía aquella ropa de estilo roquero sino prendas más sencillas como vaqueros y camisetas. Era ropa que había llevado con ella, y se le pasó por la cabeza que tal vez vistiera de aquella manera agresiva solo para sacarlo de quicio.

Era una mujer ardiente y, aunque sabía que podía quemarse, no podía evitar intentar acercarse a ella. De hecho, le daba igual salir ardiendo con su fuego.

—Allan, será mejor que vengas aquí —lo llamó Jessi desde el salón.

Al llegar a la otra habitación, los encontró con la televisión encendida.

—¿Qué pasa?

—Hay un aviso de huracán. Una de las trayectorias viene directamente hacia nosotros.

—Vaya, voy a llamar a Reggie a ver si tiene novedades del juez —dijo Allan.

—Pongamos el canal del tiempo, a ver qué pronósticos tienen.

—Aunque tenga un pronóstico diferente, no podemos correr riesgos. Los dos estamos deseando volver a casa, ¿verdad, Jessi?

Ella asintió, pero había algo en su expresión que le hizo dudar si era así. Tenía su vida y la otra noche le había dicho que todo sería más fácil con Hannah una vez volvieran a sus rutinas.

La dejó con Fawkes y volvió a su habitación para hacer la llamada. Se sentó en el borde de la cama y pensó si debía convencer a Jessi para vender el hotel rural. Viviendo en el otro extremo del país, sería difícil llevarlo.

—Aquí Reggie Blythe —contestó el abogado al segundo timbre.

—Reggie, aquí Allan McKinney. Acabamos de ver el pronóstico del tiempo y parece que se acerca un huracán. ¿Sería posible que el juez acelerara su decisión?

129

–También lo había pensado y he mandado a mi secretaria a ver si nos incluyen en las vistas de hoy o de mañana. Tendrán que irse si hay que evacuar al isla.

–¿De verdad?

–Sí, es ilegal que un no residente permanezca en la isla si hay que evacuar –dijo Reggie–. Tal vez la meteorología juegue a nuestro favor.

–Eso espero. Queremos lo mejor para Hannah y estamos deseando irnos a casa. Hannah necesita empezar a acostumbrarse cuanto antes a su nuevo entorno.

–Estoy de acuerdo. Le llamaré en cuanto tenga alguna novedad.

–Una cosa más –dijo–. ¿Qué cree que querrían hacer John y Patti con el hotel? ¿Deberíamos mantenerlo hasta que Hannah sea mayor de edad? ¿Podemos venderlo y poner el dinero a nombre de Hannah?

–Lo estudiaré, pero estoy seguro de que John querría que el hotel siguiera funcionando –respondió Reggie.

–Eso está bien, pero ni Jessi ni yo sabemos nada de dirigir un hotel. Quiero hacer lo que sea mejor y cumplir los deseos de John, pero…

–Veré qué se me ocurre. Tal vez pueda encontrar a alguien que se encargue de llevar el negocio hasta que Hannah alcance la mayoría de edad y pagarle el sueldo con los beneficios –sugirió Reggie.

–Es una buena idea. Avíseme si hay algo en lo que pueda ayudar.

–De acuerdo.

Después de colgar con el abogado, llamó a Kell.

–¿Cómo va todo, Allan?

–Parece que el huracán se dirige directamente hacia nosotros.

Su primo rio.

–A este paso, Jessi no va a volver nunca a Los Ángeles.

–Al contrario, quizá agilice nuestra marcha. Vamos a usarlo de excusa para que el juez dicte una resolución cuanto antes. Quería mantenerte informado.

–Gracias –dijo Kell.

–¿Kell?

–Dime.

–¿Por qué odias tanto a Jessi? –preguntó Allan.

Una cosa era estar molesto por lo que había ocurrido entre las generaciones pasadas, y sabía que Jessi podía llegar a ser cargante, pero no tenía ni idea de por qué a su primo le caía tan mal.

–Porque es una Chandler. No la conozco personalmente.

–Es una mujer estupenda, Kell. Tiene talento y está muy entregada a la compañía.

–No me digas que te has enamorado de ella. La odiabas, decías que era peor que un dolor de muelas.

–Lo dije, ¿verdad?

Pero se había dado cuenta de que odiar a Jessi era una maniobra de autodefensa para protegerse porque era muy fácil apreciarla y enamorarse de ella.

–Sí, así que no me dejes en la estacada. Estoy harto de oír a Dec decir lo maravillosos que son todos los Chandler cada vez que lo veo.

–No lo haré. No se me olvida que sigo siendo un leal heredero de los Montrose.

–Me alegro de oírlo –dijo Kell, y se despidió antes de colgar.

Fawkes salió a por provisiones y Jessi llamó a un manitas para que preparara el hotel para la llegada del huracán. Su número aparecía apuntado en el cuaderno en el que Patti anotaba todos los servicios, incluidos la limpieza y el mantenimiento.

–Iré para allá en cuanto sepamos que se dirige hacia aquí –le respondió James, el manitas–. Conozco muy bien esa casa porque era de mi familia antes de que los McCoy la compraran.

–¿Podría ocuparse del mantenimiento? –preguntó Jessi al recordar que Allan le había comentado esa posibilidad.

–Tal vez. Ahora tengo mi propio negocio y tengo que preguntarle a mi familia. Se enfada si no le comento las cosas antes.

Jessi sonrió para sus adentros.

–¿Cuántos años llevan casados?

–Veinte años, pero parece que fue ayer cuando volvimos de nuestra luna de miel.

Las parejas felices le hacían sentirse optimista. Por primera vez, no pensaba en el amor en términos vagos, sino centrándose en Hannah, Allan y ella.

Aunque Allan no le había dicho nada de verse cuando volvieran a California, sabía que las cosas entre ellos habían cambiado.

Recordó aquella mañana en la cocina, cuando había admitido que, bueno, que era humano, que tenía defectos y que no quería que ella los descubriera. Había sido suficiente para reavivar las llamas del deseo que se ocultaba en su corazón. Ni siquiera se había dado cuenta de cuándo había empezado a enamorarse de Allan.

Le gustaba sentir que el corazón se le aceleraba cada vez que entraba en la habitación y disfrutaba flirteando con él. Había sido prudente y había mantenido las distancias, pero en parte estaba segura de que Allan y ella estaban…

Incluso le costaba reconocerlo a sí misma. Temía que fuera cierto.

Se estaba enamorando de Allan.

Hannah empezó a balbucear y Jessi sonrió. La tomó en brazos y se inclinó para inspirar el dulce olor a bebé.

—Lo hiciste muy bien, Patti —dijo en voz alta.

No había tomado en brazos a Hannah, ni siquiera hablado de la pequeña con Patti. Jessi siempre había pensado que vivía la vida a su manera, sin miedos ni remordimientos, pero en aquel momento se daba cuenta de lo paralizante que había sido esa mentira. Se había perdido la oportunidad de compartir aquella alegría con Patti porque le aterrorizaba tomar a un recién nacido en brazos.

En aquel instante, la visión que tenía de sí misma cambió y se dio cuenta de que llevaba toda la vida siendo una cobarde. Era consciente de lo mucho que se había perdido por mantener a raya a todos a su alrededor. En vez de enfrentarse a las cosas que la asustaban, luchaba contra ellas, se convencía de que no las necesitaba y daba media vuelta.

Lo había hecho esa misma mañana en la cocina. Cuando había sentido la necesidad de acercarse a Allan, había retrocedido.

Hannah estaba empezando a cerrar los ojos y, por un momento, consideró sentarse en el porche con la niña en brazos. Pero luego decidió que le vendría bien aprovechar para trabajar un rato.

Subió a Hannah y se detuvo a contemplar la foto de Patti y John que Allan había puesto junto a la cuna. Había aparecido allí dos días antes y, cuando le había preguntado, le había dicho que no quería que la pequeña olvidara las caras de sus padres.

Había sido una reflexión dulce, pero la ternura del momento había desaparecido cuando se le había insinuado. Claro que no podía olvidar que tenía las emociones a flor de piel como ella.

Quizá eso significaba que estaba empezando a sentir algo por ella. Dejó a Hannah en la cuna y se sentó en la mecedora a pensar. ¿Iba a seguir huyendo de la vida o iba a ser la mujer que siempre había creído que era y enfrentarse a lo que más temor le producía?

Ironías del destino, se trataba de Allan. No había dejado de enfrentarse a él y desafiarlo desde el mismo momento en que se habían conocido, y no había sido hasta ese momento que se había dado cuenta de que lo había hecho para evitar enamorarse de él.

Se levantó de la mecedora decidida a no seguir huyendo.

Avanzó por el pasillo hasta la habitación de Allan y se detuvo bajo el umbral de la puerta al verlo hablando por teléfono. Sin querer, pero no pudo evitar oírle decir era un leal heredero de los Montrose.

Aunque no iba con ella escuchar a escondidas, no podía pasar por alto aquel comentario que había oído. Le servía para recordar lo que ya sabía. A pesar de cómo se estaba comportando, la suya era una relación de amor odio.

Capítulo Once

Se dirigió a la escalera sin dejar de recordar lo que acababa de prometerse: nada de salir corriendo.

Decidida, enfiló hacia la habitación de Allan y lo encontró sentado aún en el borde de la cama, pensativo.

—¿Así que eres un leal heredero de los Montrose? —preguntó ella.

—Eso no es ninguna novedad —respondió Allan, dejando caer el teléfono en la cama—. ¿Me estabas escuchando?

—Lo siento, no era mi intención. Creía que nos empezábamos a llevar bien. Bueno, al menos es lo que pensaba. Ya no te considero un odioso Montrose.

Puso los brazos en jarras y se quedó mirándolo, desafiándolo a que la mintiera.

—Tienes razón. Hemos cambiado. Pero seguimos siendo rivales en los negocios. Tal vez no sea la expresión correcta, pero las cosas no se van a arreglar por arte de magia. Sé que te estás esforzando para que Kell cambie de opinión sobre ti, pero a él lo único que le preocupa son los beneficios.

¿Qué era exactamente lo que pretendía decirle?

—No estás siendo claro. Aunque consiga llegar a un acuerdo con Jack White, los beneficios no se

136

verán en este trimestre, y quizá tampoco en el siguiente. ¿Tanto trabajo para nada? Porque no me importa cancelar la reunión y dejar que os pudráis.

–No es eso lo que estoy diciendo. La posibilidad de obtener beneficios cumple las condiciones para que mantengas tu puesto. ¿Por qué estás tan beligerante?

–Me has hecho pararme a reflexionar sobre mi vida y he descubierto algunas cosas que no me gustan. Pensaba que tú y yo, que los dos… Bueno, no importa, parezco una colegiala sensiblera.

–Eso no es cierto. Termina lo que estabas diciendo –dijo, y acortó la distancia que los separaba–. Me gusta cuando eres tan sincera –añadió, acariciándole la barbilla.

–A mí también me gusta esa cualidad en ti, pero no la veo tan a menudo como quisiera.

Allan apartó la mano y se la pasó por el pelo.

–¿Qué quieres que te diga? Aprendí desde muy pronto que cuando sientes algo por alguien, tiene poder sobre ti.

–¿Tengo poder sobre ti?

Jessi sintió una subida de adrenalina al formular la pregunta que se había estado haciendo desde que se habían besado en el avión. Mostrarse tan abierta y honesta le provocaba una fuerte emoción, pero también sabía que se arriesgaba a sufrir.

–Sabes que sí –dijo él–. Llevo toda la semana intentando llevarte a la cama, pero no has dejado de evitarme. ¿Por qué? ¿Acaso tengo alguna clase de poder sobre ti?

Allan quería que todo marchara bien y no podía culparlo, pero con lo que sabía en aquel momento se dio cuenta de que si iba a afrontar la vida con audacia y valentía, no podía dudar. Tenía que ir a por todas.

—Sí, y no es solo sexo, influyes en todos los aspectos de mi vida. Solo espero que no te tenga por el hombre que me gustaría que fueras, porque te estás convirtiendo en alguien muy importante para mí.

Él se quedó mirándola asombrado y Jessi vio miedo en sus ojos, o al menos eso esperaba que fuera, porque de lo contrario sería lástima.

«Por favor, que no sea lástima».

Allan se apartó de ella, se dio media vuelta y se dirigió a la ventana que daba al jardín del patio trasero.

—No sé qué decir —dijo él al cabo de unos segundos.

—No es tan difícil —murmuró ella—. Si eres sincero contigo mismo, sabrás qué decir, y si eres lo suficientemente valiente, lo dirás.

Jessi se dio cuenta de que lo estaba desafiando con sus palabras. En un solo día no podía cambiar su forma de ser. Y si era lo suficientemente hombre para estar con ella, entonces tendría que ser tan sincero como ella lo había sido con él.

—Esperas algo de mí que no le he dado a nadie, ni siquiera a mis padres ni a mi mejor amigo —dijo Allan aún de espaldas a ella.

Jessi reparó en su postura arrogante y pensó que nunca sería capaz de decirle las palabras que tanto deseaba escuchar. Tampoco estaba segura de que si se las decía, cambiaría lo que sentía.

Con el pulso acelerado se acercó a él, lo rodeó con sus brazos y apoyó la cabeza en su espalda. Él se quedó rígido unos segundos y luego cubrió su mano con la suya. Ninguno de los dos dijo nada.

Por el momento, era suficiente. No necesitaba oírle decir aquellas palabras en ese instante, pero sabía por el nudo que sentía en el estómago que antes o después querría escucharlas. Solo esperaba que fuera capaz de pronunciarlas cuando llegara el momento.

Allan se volvió y se apartó de ella. Jessi sintió el nudo crecer al darse cuenta de que su gesto no había servido para nada. No era el hombre que pensaba. Se había arriesgado con el amor y habría sido mejor si hubiera ignorado aquel sentimiento que no parecía merecerlo.

—Tenemos mucho que hacer —afirmó él al cabo de un rato.

—Sí, claro —replicó ella, y tragó saliva—. He llamado a un manitas para que venga y prepare la casa para la llegada del huracán. Además, puede que esté interesado en ocuparse de llevar el hotel.

Allan asintió.

Jessi dio media vuelta y salió de la habitación. Tenía la esperanza de que la llamara y tuvo que disimular su desilusión cuando no lo hizo.

***

Allan deseó ser un hombre diferente, la clase de hombre que saldría corriendo detrás de Jessi para traerla de vuelta. Pero no lo era, y sabía que no podía serlo. Había visto a su padre consagrado a darle la felicidad a otra persona y, al final, esa entrega lo había matado. Su padre no había sido capaz de vivir sin su madre.

Sabía que a las mujeres les parecía romántico, pero él había visto la otra cara. Su padre nunca salía de casa durante los días que su madre estaba de viaje por trabajo. Tenía su propia carrera, pero se sentía paralizado por la soledad cada vez que su madre se iba. Y luego estaba su comportamiento maniático cuando volvía. Nunca la perdía de vista. Aquella dependencia de otra persona era algo que Allan no quería experimentar. Hacía mucho tiempo que se había prometido no dejar que ninguna mujer lo controlara. Con Jessi, empezaba a sentirse un poco así y no quería ir más lejos.

Sentía si así hería sus sentimientos, pero sabía que ninguna mujer podría soportar un amor tan obsesivo. Lo sabía muy bien. Su madre se lo había contado justo cuando se iba del hogar familiar para irse a vivir a casa de sus padres. Había sido un capricho del destino que muriera en un accidente de coche cuando se dirigía hacia allí.

Allan se frotó la nuca. No solía pensar en sus padres. Tenía muchas otras cosas que ocupaban su cabeza: el huracán que se acercaba, buscar a un encargado para que llevara el hotel, criar a Hannah y pensar qué hacer con Jessi.

No había manera de quitársela de la cabeza. En parte temía ser como su padre, porque los últimos días había descubierto lo mucho que disfrutaba en su compañía. Cada mañana se levantaba con más ganas, deseando llegar a la cocina y desayunar sentado frente a ella.

Había algo en ella que despertaba su interés y, a pesar de lo que le dijera o cómo se comportara con ella, no podía evitarlo. Eso hacía que su prioridad fuera abandonar la isla de Hatteras e impedir que Jessi pasara el periodo de prueba.

La idea de verla todos los días en el trabajo y en su vida personal era demasiado tentadora. Siempre había sabido que las relaciones personales no se le daban bien, pero hasta aquel momento no había entendido la verdadera razón.

No le gustaba lo vulnerable que se sentía cuando alguien rebasaba la frontera y, menos aún, cuando ese alguien era Jessi. Le hacía sentirse débil e inseguro porque la necesitaba, y eso era inaceptable.

Pero sabía que no podía obligarla a nada ni hacer que fracasara. Confiaba en que simplemente se quedara sin tiempo. Dado el tipo de mujer que era, parecía improbable.

Iba a tener que decidir si iba a quedarse con la custodia de Hannah. Quizá debería renunciar a ella también, aunque sabía que a John no le habría gustado.

De hecho, si su amigo siguiera con vida, le daría una palmada en el hombro y le diría que dejara de comportarse como un imbécil.

Se detuvo ante el espejo y se quedó mirando su reflejo. No se parecía en nada a su padre, pero eso no le impedía seguir sus pasos en lo referente a la obsesión. Su abuelo también había estado obsesionado, pero en su caso con el trabajo. Allan no quería ser como ellos.

¿Era imposible no parecerse a ellos? Parecía que aquel rasgo obsesivo lo tenía bien arraigado y que, de alguna manera, había sido capaz de controlarlo durante años, hasta que había aparecido Jessi.

Ella amenazaba su cordura, su autocontrol y su confianza en sí mismo, y quería de él... ¿Qué era exactamente lo que quería de él? Admiraba y hasta envidiaba el hecho de que fuera capaz de ser tan directa y preguntarle cómo se sentía.

Sabía que tenía más coraje que él, porque aunque le había dicho lo que sentía, él no había sido capaz de confesarle lo que significaba para él.

No le importaba parecer un cobarde. Eso no cambiaba nada.

Pero las palabras le parecieron insignificantes cuando bajó y vio a Jessi en el patio trasero hablando con el manitas y recogiendo con él algunos objetos que estaban por allí sueltos.

Llevaba un par de ridículos zapatos de tacón, unos vaqueros ajustados, una sencilla camiseta blanca y un chaleco de cuero negro. Había vuelto a su vestimenta roquera. Respiró hondo, reconociendo que se alegraba.

Aquella era la Jessi con la que sabía tratar. Podía desafiarla y probablemente incluso llevársela a la cama. Era la mujer que daba lo mejor de sí misma y no dejar que lo olvidara.

Pero una parte de él estaba triste. Había perdido una oportunidad con Jessi, una ocasión para conocerla bien y, quizá, encontrar alguna clase de felicidad.

¿A quién estaba engañando? Nunca sería del todo feliz, no con Jessi Chandler. No solo porque perteneciera a la familia Chandler, sino también porque lo desafiaba y lo provocaba, y nunca se conformaría con alguien como él. Nunca se había conformado con lo poco que le había mostrado de sí mismo, y se alegraba.

Debido a lo que sentía por ella, quería que lo tuviera todo. Se merecía toda la felicidad y el amor del mundo y sabía que él no era el hombre que pudiera dárselo.

A la vista de que el aviso de huracán se estaba convirtiendo en una amenaza real, James sugirió tomar algunas precauciones, como recoger todo lo que estuviera suelto en el patio. Jessi se decantó por ponerse manos a la obra y ayudar.

Mientras despejaba el patio pudo entender por qué su amiga había disfrutado de aquella vida después de años de duro trabajo para sacar adelante su negocio. Jessi se alegraba de que Patti hubiera decidido vender su empresa de decoración e irse a vivir a Outer Banks. Seguramente los dos últimos años habían sido los más felices de su vida.

–¿Necesitas ayuda? –preguntó Allan acercándose a ella.

–No.

–Jessi…

–Estoy enfadada contigo. No voy a fingir que todo va bien. Ve y pregúntale a James si necesita ayuda.

Lo bueno de ser tan sincera era que se sentía libre, y eso le gustaba.

–No.

–¿Qué quieres decir con que no?

–Simplemente lo que he dicho. Cambiaste las reglas y pretendías que te mantuviera al corriente de lo que me pasaba. Eso no es justo. Esta misma mañana, te fuiste de la cocina en vez de quedarte. Estoy intentando entenderte, Jessi, pero soy un hombre. Además, estamos hablando de sentimientos y no voy a fingir que nunca me he sentido cómodo hablando de ellos, a pesar de que los tengo.

Jessi dejó lo que estaba haciendo y lo miró. Tenía las gafas de sol puestas, así que no podía saber si estaba hablando en serio. Pero sus palabras tenían sentido. Había cambiado de actitud y pretendía que la entendiera sin más. De hecho, se preguntó si estaba siendo cobarde al obligarlo. Su reacción le había hecho sentirse superior y le había dado la seguridad para retroceder.

–No tengo ni idea de qué hacer contigo.

–Yo tampoco –admitió Allan–. Supongo que, por una vez, ambos estamos en la misma situación.

–Siempre estamos en la misma situación cuando nos enfrentamos, y durante una temporada, no ha estado mal. Pero ahora quiero algo más, y eso me asusta, porque tú sigues siendo tú.

–Sí, sigo siendo yo. Pero te confesaré un secreto: tú también me asustas. No tengo ni idea de cómo he llegado a esta situación –dijo Allan–. No me gusta. Voy a hacer todo lo posible para que nos sintamos cómodos los dos. Y no es porque no me importe.

Lo tomó de la mano y lo llevó al porche, lejos de la vista del manitas.

–Quiero saber dos cosas: la primera si estás a gusto conmigo y la segunda, qué sientes.

–Ven aquí –dijo estrechándola entre sus brazos, y unió sus labios a los suyos.

En aquel abrazo, Jessi podía sentir todas las cosas que no quería o no podía decirle en voz alta, y con eso le era suficiente.

Aquel era un primer paso para algo nuevo y excitante. Merecía la pena el nudo de pánico que sentía en el estómago al pensar en el futuro y ver en él a Allan a su lado. No era nada en concreto, pero sentía que era el principio de algo.

–Eh… Disculpen –dijo James con voz áspera–. Siento interrumpir.

Allan la soltó a su pesar y se volvió hacia el hombre. Medía casi dos metros y era evidente que pasaba mucho tiempo al aire libre. Llevaba unos vaqueros desgastados y una camisa a cuadros, y se le veía a gusto consigo mismo.

–¿Sí? –repuso Allan.

–Hay novedades en el pronóstico, y parece que el huracán se dirige directamente hacia nosotros. Tocará tierra en unas cuatro horas. Voy a buscar los tablones para proteger las ventanas. Deberían empezar a pensar en marcharse de la isla.

–No sé si podemos –contestó Allan–. Antes tenemos que hablar con el abogado.

–Voy a por Hannah y después llamaremos a Reggie. He estado informándome acerca de los preparativos en caso de huracán, y he comprado agua y algunos productos no perecederos. ¿Hay algo más que deba hacer, James?

–Llene las bañeras de agua para en caso de que se interrumpa el suministro. También reúna una radio, linternas, velas y ese tipo de cosas en una misma habitación, preferiblemente sin ventanas.

–De acuerdo –dijo Allan–. ¿Necesita ayuda?

–Sí –contestó James–. Tenemos que asegurar todo lo que hay en el patio y cubrir con tablones las ventanas.

Allan le apretó la mano antes de irse y Jessi lo observó marcharse con una sonrisa en el corazón. Daba igual que un terrible huracán, al que ya se conocía oficialmente como Pandora, se dirigiera hacia ellos. Claro que estaba asustada, pero teniendo cerca de Allan se sentía segura. Tenían muchas cosas que resolver entre ellos, pero por primera vez en su vida tenía a alguien a su lado.

Tenía un hombre con el que podía contar. Nunca había pensado que lo encontraría, y lo más sorprendente era que fuera Allan McKinney.

Reunió todos los artículos que le había dicho James y pañales suficientes para una semana y los dejó en el pequeño estudio que había en la parte trasera de la casa. Las paredes estaban llenas de estanterías y no había ninguna ventana.

A continuación llevó mantas y almohadas, y un moisés que encontró en un armario para que Hannah durmiera en él. Luego llamó al abogado.

—Al habla Reggie.

—Soy Jessi Chandler. Quería saber si ya tiene novedades. Nos han avisado de que tenemos que abandonar la isla.

—Como ya le he dicho a Allan, no pueden irse sin Hannah. No les está permitido hasta que el papeleo esté resuelto. Lo más lejos que pueden marcharse es a un hotel en tierra firme. ¿Es eso lo que quieren? Pueden dejarla con una familia de acogida o, si lo prefieren, quedarse con ella. Si es así, tengo que avisar al juez para que la policía no les obligue a desalojar. Me temo que los juzgados están empezando a cerrar para que todo el mundo se prepare para la llegada del huracán.

—¿Deberíamos dejar la isla? ¿Tan peligroso es? —preguntó Jessi—. No sé qué hacer.

—Yo me quedaría aquí. Ese hotel rural ha conocido muchos huracanes. Estarán bien siempre y cuando sigan las recomendaciones. ¿Tienen agua y comida suficiente para varios días?

—Creo que sí —contestó, recordando todas las botellas de agua y comida enlatada que había comprado.

–Me pasaré para asegurarme de que están bien preparados –dijo Reggie.

–Eso estaría bien, pero solo si tiene tiempo. Tenemos a un manitas ayudándonos.

–Muy bien. Les avisaré en cuanto sepa algo del juez.

Jessi se ocupó de prepararlo todo para la llegada del huracán y trató de olvidarse del torbellino que se había desencadenado en su interior para concentrarse en lo que estaba pasando. Pero era incapaz de olvidarse de lo que sentía por Allan. Además, solo se tenían el uno al otro bajo la tormenta que se avecinaba.

Estaba asustaba, porque si ponía en riesgo su corazón y no daba resultado, tenía la sensación de que nunca volvería a arriesgarse a amar a un hombre.

Capítulo Doce

Allan había obligado a Fawkes a dejar la isla nada más confirmarse que el huracán Pandora se dirigía hacia ellos. Ya habían hecho todos los preparativos en el hotel y lo único que podían hacer era esperar.

Reggie había conseguido por fin que el juez firmara los documentos de la custodia de Jessi y Allan, pero había sido demasiado tarde para marcharse de Hatteras. Las lluvias habían empezado a caer y la carretera de salida de la isla estaba inundada.

Estaban en el estudio con la radio puesta y la luz ya se había ido. Tenían linternas y agua. Durante un buen rato, Allan había estado intentando leer en el iPad, pero el sonido del viento soplando en el patio y de las ramas de los árboles golpeando la fachada se lo impidió.

Jessi estaba sentada en el suelo, junto a Hannah, que dormía.

—Esto no me gusta —dijo ella—. Los sonidos de fuera son espeluznantes y aquí dentro está muy oscuro. Distráeme, Allan.

—¿Cómo quieres que lo hagas?

—No lo sé. Cuéntame algo que nadie sepa.

—De acuerdo, y luego tú harás lo mismo.

—Está bien, cualquier cosa mejor que oír la tormenta.

Allan se levantó del sofá y se sentó en el suelo, a su lado.

—¿Qué quieres saber?

—Cuéntame tú primer beso. Siendo un hombre tan osado, tuvo que ser excepcional.

Él sacudió la cabeza.

—Fue extraño, en esa época de secundaria en la que uno cree que lo sabe todo. Fue en la fiesta por el decimotercer cumpleaños de Amy Collins. Había chicos y chicas, todo un acontecimiento. Sus padres iban de modernos, así que nos dejaron solos en la sala de juegos del tercer piso. Un amigo se encargaba de vigilar mientras jugábamos a la botella y me tocó besar a la cumpleañera. Nos ocultamos tras una estantería y nos quedamos mirándonos. Al final, di el paso y la besé. Calculé mal y acabé besándola en la mejilla, antes de dar con sus labios. Todo pasó muy rápido y nos quedamos mirándonos, preguntándonos si eso era todo.

Jessi sonrió.

—Mi primer beso fue parecido. También en una fiesta de cumpleaños, con mucha gente alrededor. A Patti le gustaba un chico de nuestra clase, pero él no acababa de dar el paso, así que propuse jugar a verdad o mentira. Al final, me tocó besar a Bobby y no estuvo mal. Un poco como el tuyo, rozamos los labios y rápidamente nos apartamos. Era una edad muy divertida, ¿verdad? Me sentía mayor, pero después de aquel beso supe que esperaría antes de volver a intentarlo. Fue aterrador dejar que un chico se me acercara.

–Y tanto que lo tuvo que ser –dijo Allan–. Los chicos a esa edad tiene piojos.

Se había sentido tan entusiasmado por su cercanía con Amy que desde aquel día se había empeñado en conseguir otro beso. Y lo había conseguido. Pero al mirar a Jessi y a Hannah, que seguía durmiendo, se sentía diferente.

–No pienso ser un padre moderno para Hannah. Sé cómo son los chicos y no le quitaré ojo a cualquiera que se le acerque.

Jessi se rio.

–Me alegro. Tú la protegerás y yo le enseñaré a protegerse, en caso de que alguno se nos escape.

–Trato hecho –dijo Allan.

–¿De veras estamos de acuerdo en algo? –preguntó ella con una sonrisa.

Él sonrió con ironía.

–Por cierto, iba a preguntarte por tu tatuaje. ¿Cuándo te lo hiciste y por qué?

Le gustaba la complicidad que había creado aquella tormenta que se había desatado en el exterior y el agradable ambiente que habían creado dentro. En aquel momento, eran las únicas personas del mundo, y eso le agradaba.

–Me lo hice cuando cumplí dieciocho años. Mis padres no me dejaban hacerme uno, así que en mi segundo día de universidad, fui y me lo hice. Quería algo para recordar que ya estaba sola, que era libre y volaba hacia el futuro.

–¿Por qué te lo hiciste aquí? –preguntó tocándole la clavícula.

Le gustaba rozarla y el tatuaje le daba la excusa perfecta para hacerlo.

–Quería verlo cada vez que me miraba en el espejo para recordar las promesas que me hice a mí misma.

–¿Qué promesas?

–Esa es otra pregunta –respondió–. Ahora es mi turno de preguntar.

–Te contaré lo que quieras saber. Solo dime qué promesa te hiciste.

Ella se quedó mirándolo fijamente antes de ponerse de rodillas e inclinarse hacia delante. Se quedó a escasos centímetros de él.

–Me prometí que nunca permitiría que nadie me hiciera ser alguien que no soy.

–Es evidente que has cumplido tu promesa.

–No siempre ha sido fácil. Tú me lo pones muy difícil –dijo en voz baja.

–Me alegro, porque me tienes descolocado. Cada vez que creo que sé cómo comportarme contigo, algo cambia.

–Ja.

–¿Ja?

–Curiosa manera de decir que no puedes manipularme.

–Tal vez, pero me he dado cuenta de que no quiero manipularte.

No había tardado mucho en darse cuenta de que lo que quería era ver a la verdadera Jessi y no aquella Jessi agresiva que mostraba a los demás.

–Tu turno –continuó Allan–. Hazme otra pregunta.

Jessi miró a Hannah y luego se acercó un poco más a él.

–¿Me contestarás con sinceridad?

–Sí.

–Entonces, esta es mi pregunta, Allan McKinney: ¿cuánto tiempo más vas a seguir fingiendo que tu vida no ha cambiado en las últimas dos semanas?

Era una pregunta atrevida que no dejaba ninguna duda de lo que quería de él. Allan la tomó por las caderas y la atrajo hacia él. Ella lo detuvo, poniendo una mano en su pecho.

–Nada de distracciones, quiero saber la respuesta.

Aquellas distracciones eran la única respuesta que podía darle. No iba a confesarle sus sentimientos, aunque creía que ya se los había dejado bien claros antes. En vez de eso, enredó los dedos en su pelo y la atrajo, besándola con toda la pasión que había contenido en su interior.

Sentía algo por aquella mujer tan complicada y le costaba admitirlo. Tampoco estaba dispuesto a permitir que le sacara ventaja.

Se oyó un fuerte golpe a un lado de la casa y se apartaron, asustados por el ruido.

–¿Qué ha sido eso? –preguntó, disponiéndose a tomar en brazos a Hannah.

–Iré a ver –dijo Allan.

Era imposible ver a través de las ventanas, porque estaban protegidas con los tablones, pero había un ventanuco que habían dejado sin cubrir junto a la puerta. El manitas les había dicho que simplemente pegaran cinta adhesiva en caso de que el cristal se rompiera, para evitar que los trozos cayeran.

Cuando Allan llegó al vestíbulo y miró por el ventanuco vio que una rama de un árbol había caído al porche delantero. El viento seguía soplando con fuerza.

–¿Todo bien? –preguntó Jessi desde el fondo del pasillo, con Hannah entre los brazos.

–Sí.

De repente, su decisión de no mostrarle lo mucho que significaba para él, le parecía una estupidez. La muerte de sus mejores amigos le había hecho ver lo breve que era la vida y aquella tormenta parecía estarle diciendo que debía aferrarse mientras pudiera a lo que era importante para él.

Se acercó a ella y la rodeó por los hombros, dirigiéndola al salón. Luego empujó un sofá hacia un rincón lejos de las ventanas y le indicó con un gesto que se sentara. Después de que lo hiciera, se acomodó a su lado y la rodeó con su brazo, atrayéndolas a ella y a Hannah contra su pecho.

–No voy a permitir que nada ni nadie os haga daño a ti o al bebé. Voy a protegeros a las dos.

Y no dejó de repetirse aquella promesa, sabiendo que siempre la cumpliría.

–Estoy asustada –dijo Jessi–. No estoy acostumbrada a esta clase de tormentas. Además, dura demasiado, no como los terremotos.

–Hablas como toda una californiana. A mí me pasa lo mismo, prefiero un terremoto.

La tormenta parecía estar volviéndose más intensa, y las estrechó más fuerte contra él, hasta que le pareció que murmuraba algo.

–¿Qué has dicho? –preguntó él.

–Estoy rezando –respondió, echando la cabeza hacia atrás para mirarlo–. No soy una persona muy religiosa, pero esto me hace creer que hay una fuerza superior.

–A mí también me hace replantearme las prioridades de mi vida. La familia nunca me ha importado especialmente y…

–Sí, eso es –lo interrumpió Jessi–. Todo lo haces con tus primos.

–Cierto, son lo más parecido a un hermano. Siempre nos ha unido un objetivo común y, a pesar de lo que creas, nuestra familia ha tenido algunos problemas a lo largo de los años.

Nunca había querido tener más vinculación con sus primos que la empresarial. Pero eran amigos y habían compartido durante tanto tiempo la amargura de los deseos de su abuelo que no podían ser otra cosa.

–Lo que intento decir es que siempre me ha gustado el dinero y llevar una vida de lujo, pero aquí contigo y con Hannah me ha hecho darme cuenta de que disfruto más las cosas sencillas.

–Enfrentarse a la muerte hace que las cosas se vean de otra manera –murmuró Jessi.

–Desde luego.

Jessi siguió rezando y él continuó abrazándola, cuidando de aquellas dos personas que tan importantes se habían hecho para él en tan poco tiempo. No sabía si aquellos sentimientos durarían más allá de la tormenta o del tiempo que pasaran allí en Carolina del Norte. Pero sabía que eran reales y eso le gustaba. No quería hablar de ello con nadie y, mientras la tormenta arreciaba, sus sentimientos se fueron asentando.

No necesitaba nada más en aquel momento.

—Estás muy callado —observó Jessi.

—Estoy pensando.

—¿En qué?

—En cosas.

—¿En cosas? ¿Qué quiere decir eso? Se ve que es un tema del que no quieres hablar.

—Entonces, ¿por qué me preguntas?

—Porque soy curiosa y me gusta pinchar.

—Desde luego que se te da muy bien.

—Gracias.

La estrechó contra él y le dio un beso en el cuello, cerca del tatuaje.

—Sigue así y tendré que darte lo que pides.

—¿Y eso qué es?

—Algo atrevido.

—Me gusta cuando te pones travieso —replicó ella.

—A mí también me gustas así.

Se acercó a su oído y le susurró lo que le haría con todo detalle. Por la manera en que lo escuchaba, parecía muy interesada. Él siguió hablándole, seduciéndola con sus palabras.

Allan se sentía un poco triste al darse cuenta de que nunca antes había conocido a una mujer que se adaptara tan bien a él y a su estado de ánimo. El impulso sexual de Jessi era tan fuerte como el suyo. Su lealtad hacia sus hermanas y la empresa familiar era tan loable como en su caso. Era muy prudente con sus sentimientos porque, al igual que a él, la hacían vulnerable. Pero en aquel instante, nada de eso le importaba. Todo le parecía exactamente como debía ser.

Los peores vientos cesaron poco después de la medianoche y decidieron irse a dormir al estudio. La radio seguía encendida y, de vez en cuando, se oía algún objeto cayendo al patio.

Jessi estaba preocupada y asustada, aunque en aquel momento se dio cuenta de que la determinación que había tomado el día anterior había llegado en el momento adecuado. Aquella tormenta le estaba sirviendo para reafirmar cómo quería vivir su vida y dejar de tener miedo de algunas cosas. Tenía que ser más honesta con la gente que le importaba, y se prometió que en cuanto la tormenta pasara, lo haría.

Allan hizo un rápido recorrido por la casa para asegurarse de que todo estaba bien mientras Jessi se encargaba de meter a Hannah en la cuna.

–Jess, ven aquí.

Recorrió el pasillo hasta llegar junto a él en el vestíbulo y juntos miraron por el ventanuco hacia la calle mientras pasaba el ojo del huracán. Él la rodeo con su brazo y señaló hacia fuera.

—Esto me recuerda que por mucho que lo intente, siempre va a haber alguna situación que no pueda controlar.

—Yo me siento insignificante y, como te dije antes, me hace creer en Dios.

—¿Le has pedido algo? —preguntó Allan.

Ella se volvió en sus brazos y aspiró su olor.

—Sí.

—Yo también —dijo él, sorprendiéndola.

—¿Qué le has pedido?

—Le he dicho que si salimos de esta, dejaré de huir de las cosas y trataré de ser feliz.

Jessi lo miró con ojos entornados.

—No me lo creo. Suena un poco patético.

—¿Estás criticando lo que he pedido?

—Es como pedirle dinero, teniendo suficiente. Tú no has huido de nada en la vida. Has permanecido en el mismo sitio manipulando todo a tu alrededor.

Allan ladeó la cabeza y se quedó estudiándola.

—Tienes razón, pero por dentro huyo y me oculto en un lugar en donde no tengo que implicarme con nada. Eso es más o menos lo que me dijiste antes.

—No debería haberte juzgado. Siempre se te ve tan convencido y valiente que es difícil imaginar que huyes de los problemas —señaló Jessi.

—Lo mismo digo de ti.

—No podías estar más lejos de la realidad —dijo ella—. Yo le he prometido a Dios que si nos protege, seré mejor.

—¿Mejor?

–Sí, mejor con mis hermanas, con tus primos y contigo. Y me preocuparé de criar a Hannah lo mejor que pueda.

Allan no dijo nada, simplemente la abrazó con tanta fuerza que le costaba respirar. Ella le devolvió el abrazo con la misma fuerza. Luego, echó hacia atrás la cabeza para mirarlo a la cara y al ver su expresión se le hizo un nudo en la garganta.

Le había dicho que no sabía expresar sus emociones, pero en aquel momento había un brillo especial en sus ojos que solo podía ser de amor y que despertó la misma sensación en ella.

–Allan…

La besó, tomando su boca, y Jessi supo que era incapaz de expresar lo que sentía en su corazón. Pero para ella era suficiente reconocer aquellas emociones que tanto había deseado ver en él.

Allan recorrió su cuerpo con las manos, despertando en ella el mismo deseo incontenible. Mientras le bajaba la cremallera, ella se afanó en liberar su sexo de los pantalones. Por primera vez desde que se habían convertido en amantes, no estaba siendo delicado, y esa brusquedad la excitaba más que ninguna otra cosa.

La levantó del suelo para que cayeran los pantalones, y ella aprovechó para desprenderse de las bragas.

–Rodéame con tus piernas.

Ella obedeció y sintió que todo le daba vueltas mientras la giraba para ponerla contra la pared. Sus labios tomaron los suyos y se lengua se hundió en su boca mientras la embestía con fuerza. Jessi se aferró a sus hombros y lo estrechó por la cintura con las piernas.

Allan dejó su boca y siguió besándola por el cuello, deteniéndose al llegar al tatuaje. Lo lamió lentamente y luego succionó.

El pensamiento la abandonó y se dejó llevar por su instinto. Con cada embestida sentía el orgasmo más cerca, además de adentrarse más en su alma.

Cuando retiró la cabeza de su cuello, Jessi se quedó mirando sus ojos grises y vio cómo se le dilataban las pupilas a la vez que los primeros espasmos la sacudían.

Su orgasmo desencadenó el de él y se hundió con más fuerza, virtiendo su semilla en ella. Era una sensación cálida que la dejó impregnada con su esencia.

Ni siquiera le preocupó que no hubieran utilizado protección. Habría sido una intromisión en aquel instante en el que sus almas y corazones se habían unido.

No era momento de arrepentimientos, porque por primera vez en su vida había encontrado a un hombre del que podía depender. Y se alegraba de que fuera Allan McKinney.

Capítulo Trece

Al mediodía, una vez que los vientos cesaron, Jessi salió de la casa, aliviada de poder alejarse de Allan unos minutos. Ninguno de los dos había querido hablar de lo que había ocurrido en el pasillo ni después, cuando la había llevado al salón y se habían dormido abrazados.

Tras el paso del huracán, estaba convencida de que todo cambiaría. Ya podían abandonar Hatteras y Hawkes estaba de camino a la isla para ayudarlos a preparar el viaje de vuelta a Los Ángeles.

Se quedó mirando la arena que cubría la calle y el jardín delantero, y el agua que no había bajado con la marea. Era difícil imaginarse que aquel sitio pudiera volver a la normalidad.

Había ramas caídas y toda clase de objetos allí donde mirara. Recordó el aullido del viento y la lluvia torrencial, y deseó sacar de allí a Hannah cuanto antes.

El huracán había sido devastador. Solo había podido soportarlo porque había tenido a Allan a su lado, y temía que estuviera dependiendo demasiado de él. Aquel hombre no creía en el amor y era miembro del clan rival de su familia, pero era al único que quería.

Jessi se sorprendió al oír su teléfono sonar. Los repetidores de telefonía volvían a funcionar.

—Jessi, gracias a Dios. ¿Estás bien? —preguntó Cari en cuanto Jessi contestó—. Llevo media hora marcando tu número, tratando de dar contigo.

—Sí, estoy bien. Allan está evaluando los daños, pero creo que por suerte no han sido muchos.

—¿Cómo ha ido todo? —preguntó su hermana.

—Ha sido aterrador —respondió Jessi—. No me gustaría volver a pasar ningún huracán. Ni siquiera se puede transitar por la calle principal. Hay que ir caminando a todos lados.

—No tendrás que hacerlo cuando llegues a casa. Porque te quedarás a vivir aquí, ¿verdad? —preguntó Cari.

—Por supuesto. ¿Por qué no iba a hacerlo?

—Pensaba que igual habías decidido que ya estabas harta del mundo de los videojuegos y que querías cambiar de vida.

—No, mi vida está ahí y me estoy esforzando por pasar el período de prueba y asegurar mi puesto de trabajo. Estoy convencida de que en breve estaré en la lista de los empleados que se quedan —explicó Jessi.

No tenía garantías de que un gran acuerdo millonario con un importante productor de Hollywood fuera a salvarla, y todavía tenía que reprogramar la reunión con Jack White que había tenido que cancelar como consecuencia del paso del huracán.

—Emma me ha dicho que estás en la lista de despedidos y algo sobre que no has cumplido un plazo —comentó Cari.

–¿De qué estás hablando? Ha pasado un huracán y todas las comunicaciones se han visto interrumpidas. Maldita sea, toda la costa sur atlántica ha estado incomunicada –protestó Jessi.

–Lo sé. Créeme, es ridículo y ya he planteado mi más enérgica protesta. Si Kell no da marcha atrás en su decisión, voy a llevar el asunto a la junta directiva.

–Lo que te viene muy bien, ¿verdad? –dijo Jessi con ironía–. Ya se me ocurrirá algo. Estate tranquila, volveré a casa para quedarme.

–Estupendo, te echo de menos. Estoy deseando conocer a la pequeña Hannah. Es una niña preciosa. ¿Te haces a la idea de ser su madre?

–No –contestó Jessi sin más rodeos–. La quiero mucho y estoy haciendo todo lo que puedo por ella, pero no me resulta natural. Todavía no sé cómo se cuida de un bebé. Me da miedo equivocarme.

–Eso forma parte del proceso de ser madre. Todos nos sentimos abrumados en algún momento.

–Emma no –señaló Jessi.

–Bueno, Emma es de otro planeta. Es la hermana mayor perfecta y siempre nos hace sentir inútiles –dijo Cari con una sonrisa.

–Sí, es cierto que a veces nos hace sentir así –convino Jessi, mirándose al espejo.

Llevaba unos vaqueros desgastados rasgados en las rodillas y una blusa de seda anudada a cintura. Se había puesto sus botas militares para caminar entre escombros. Viendo su imagen en el espejo, tenía que reconocer que no parecía una madre.

Aun así, se sentía muy protectora y sabía que el aspecto era lo de menos.

—Gracias por llamar, Cari.

—Te quiero, Jess. Te echo de menos. Estaba muy preocupada por ti.

—Estábamos a salvo durante el huracán. Esta casa lleva en pie mucho tiempo. John la mantenía al día en cuanto a precauciones contra huracanes.

—No es eso lo que me preocupaba. Últimamente te veo distinta. Te veo más… dura de lo habitual.

Dura. Sabía muy bien a lo que se refería su hermana, y eso reforzaba que, por mucho que se estuviera esforzando por aparentar que todo estaba bien, no engañaba a nadie.

—Últimamente la vida está siendo dura.

—Cierto —convino Cari—. No es justo que el abuelo sembrara este mal *karma* y ahora seamos nosotras las que recojamos los frutos.

—No, no lo es, pero nadie dijo que la vida fuera justa.

—Pues debería serlo —insistió Cari—, y haremos todo lo posible para que así sea. Voy a acampar en la puerta del despacho de Kell hasta que acceda a borrar tu nombre de la lista de los despedidos.

—Gracias, hermanita, pero no te corresponde a ti hacer eso. He concertado una reunión que le hará cambiar de opinión. Me resulta curioso que un gran productor de Hollywood haya accedido sin problemas a aplazar una reunión por culpa de la Madre Naturaleza y el presidente de una compañía de videojuegos, no.

—Kell nos odia más que a nadie, pero no es tan malo. Es muy bueno con DJ.

—Probablemente le esté lavando el cerebro en secreto para que nos odie.

—Eso no es cierto, Jessi —dijo Cari—. Tengo que colgar. Tengo una reunión dentro de unos minutos. Te quiero.

—Yo también te quiero —se despidió Jessi, y colgó.

No podía creer que Kell se hubiera obcecado tanto con la fecha límite. ¿De veras la odiaba tanto? Apenas se conocían. ¿Estaría tan resentido con ella solo por su apellido?

Tampoco le preocupaba tanto. Se ganaría a Jack White y, después de todo lo que habían pasado juntos, Allan estaría de su lado. Sabía que tenía cierta influencia sobre su primo y confiaba en que la usara para ayudarla.

Un fuerte vínculo los unía, y estaba convencida de que el hombre con el que había pasado las últimas horas estaba de su lado. Había visto amor en sus ojos y era imposible que alguien enamorado hiciera daño a su pareja.

Pareja… La palabra casi la asustaba más que estar enamorada. ¿Podía considerar a Allan su pareja? Tenía que creer en Allan y en ella.

Allan nunca había visto tantos árboles caídos ni tanta agua estancada. Era la primera vez que veía un desastre así. Había sido un temporal muy fuerte y tenían suerte de que el hotel rural siguiera en pie.

Continuó recorriendo el patio, revisando los daños. Se alegraba de que la tormenta hubiera pasado y de que por fin pudiera abandonar Carolina del Norte. Estaba deseando alejarse de Jessi.

La noche había sido intensa. Nunca se había sentido más vivo ni sus sentidos habían estado tan despiertos. Pero aquella mañana, con el sol brillando en el cielo despejado, se sentía demasiado expuesto, demasiado vulnerable ante la única persona en el mundo que debía verlo como invencible.

Vio a Hannah agitando los brazos y las piernas en el portabebés. Parecía estar de buen humor y tenía que admitir que aquella niña era adorable.

Pero al mismo tiempo, no podía evitar sentirse asustado de tener que cuidar de ella. Si las cosas se ponían feas entre Jessi y él, uno de los dos tendría que renunciar a sus derechos sobre la pequeña. Probablemente lo hiciera él, pensó. Era la salida perfecta. Una manera fácil de huir de las emociones que sentía hacia las dos. No podía soportar sentirse tan vulnerable. Con ellas se sentía débil.

Y aunque el juez les había otorgado la custodia a ambos, en el fondo estaba preparado para el momento en que perdiera a Hannah. O, más bien, las perdiera a las dos.

Si había un patrón que se repetía en su vida era que nadie que le importara permanecía a su lado. Su madre se había marchado y su padre se había quitado la vida. Su abuelo siempre se había mostrado distante. Estaba unido a sus primos, pero cada uno tenía su vida e iba a lo suyo.

Mejor distanciarse en ese momento que dejar que ambas se hicieran un hueco en su vida y en su corazón.

También estaba John. Era la persona que mejor lo había conocido, el único en el que siempre había confiado. Pero había muerto.

¿Por qué iba a ser diferente con aquella pequeña niña o con Jessi?

La noche anterior, con la furia de la tormenta soplando en el exterior y el mundo limitado a ellos tres, había bajado la guardia y le había hecho el amor a Jessi. Ya habían tenido sexo antes, pero esa noche había sido como si hubiera liberado la fuerza de sus emociones. Sin embargo, a plena luz del día, le parecía… una estupidez.

Parecía el comportamiento de un hombre que no supiera controlarse, y eso era un error. Deseaba tener un plan para resolver la situación.

Tenía que ser prudente o se expondría a que Jessi le hiciera mucho daño. Por un lado, casi estaba convencido de que se lo merecía. Una parte de él había desaparecido con la tormenta, los sueños que sabía que nunca alcanzaría. No eran cosas que realmente deseara, por mucho que hubiera pensado en su momento que sí.

—Parece que el hotel ha soportado muy bien la tormenta —dijo James, apareciendo por detrás de él.

El manitas había llamado antes para avisar de que iba a ayudarle a retirar los tablones de la ventana.

—Así es. Se ve que el edificio es sólido. John trabajó mucho en él antes de que Patti viniera. Ese hombre solo pensaba en el bienestar de su esposa.

–La vida no tiene garantías.

–Eso es cierto. Quería hablarle de algo que Jessi me comentó –dijo James.

–¿De qué se trata?

–¿Siguen buscando a un encargado que se ocupe de llevar el hotel?

–Sí, claro. Le hemos pedido a Reggie Blythe, el abogado de los McCoy, que nos ayude a encontrarlo –contestó Allan.

–Bueno, he hablado con mi mujer y nos gustaría quedarnos con el trabajo.

A Allan le gustó la idea de que James y su esposa se hicieran cargo del hotel hasta que Hannah fuera mayor para decidir qué hacer.

–Se lo diré a Reggie para que vaya redactando el contrato y todo lo que haga falta.

–Me parece bien –dijo el manitas.

–¿Allan? –lo llamó Jessi desde el porche delantero–. ¿Puedo hablar contigo?

Parecía preocupada.

–Vaya –le dijo James–. Puedo ocuparme solo de quitar los tablones y guardarlos.

–Gracias –repuso Allan.

–De nada.

Allan volvió a la casa y reparó en que Hannah agitaba los brazos mientras se acercaban, y se preguntó si ya reconocería a Jessi. En el libro había leído que a partir de su edad, empezaría a hacerlo en cualquier momento.

–¿Qué pasa?

–Eh… Tu primo sigue teniéndome en la lista de despedidos, al parecer porque no he cumplido el plazo que me vencía ayer.

–No he tenido ocasión de hablar con él –repuso Allan–. Las comunicaciones no han funcionado en toda la mañana. ¿Tienes señal en tu teléfono?

–Sí, Cari me llamó –dijo Jessi–. ¿No sabes nada de esto?

–No.

Estaba tan enfadado como ella hasta que se dio cuenta de que si se mantenía del lado de Kell, Jessi se distanciaría de él. Se quedaría solo, pero sería lo mejor dada la circunstancia de que no veía la manera de salir de aquella situación y limitarse a ser tutores de la niña y nada más.

No estaba preparado para permitir que Jessi ocupara su corazón el resto de su vida. No estaba seguro de poder vivir sintiéndose inseguro y vulnerable. Tal y como había dicho James, por mucho que un hombre intentara proteger a los que amaba, si el destino se empeñaba, podía llevárselos.

–Vayamos dentro y hablemos –dijo Allan.

Pasó a su lado y sacó a Hannah del portabebés. Por un momento, Jessi se quedó mirándolo y evitó recrearse en el amor que sentía hacia él. Tenía todo lo que esperaba encontrar en un hombre, aunque nunca hubiese reconocido que lo estaba buscando.

Le pasó a Hannah mientras se quitaba el porta-bebés, y luego se fue a la cocina a lavarse las manos y a servirse un té.

Ella lo siguió y lo observó, esperando que llamara a Kell, pero al parecer no iba a darse prisa en hacerlo.

—¿No vas a llamar a tu primo para que me saque de las lista de despidos? —preguntó Jessi cuando se fue a servirse una segunda taza de te.

—No, escucha Jessi. Entiendo tu punto de vista, pero Kell también tiene el suyo. En los negocios hay fechas límite y hay que cumplir. Así es como las compañías mantienen su éxito.

—No estoy diciendo que no deba cumplir los objetivos que se me impusieron, pero habiendo un huracán, creo que incluso Kell Montrose admitirá que es imposible hacer negocios.

—Sí, pero Kell no.

—¿Qué me dices de ti, Allan? ¿Lo harás?

—¿Hacer qué?

—Apoyarme. Es lo único que necesito de ti en todo esto.

Se acercó a la nevera y sacó un biberón que había preparado para Hannah un rato antes. Después de calentarlo, se lo dio al bebé y se quedó mirando fijamente a Allan, a la espera de escuchar lo que tuviera que decirle.

Pero Allan permanecía impasible mirándola.

—Eres una buena madre.

—Gracias, Allan, necesitaba oírlo. Estoy aprendiendo, pero todavía me queda mucho y no quiero hablar de eso ahora. Todavía no sé si estás de mi parte o no. Pensé que anoche, después de que pasáramos juntos la tormenta…

Allan se pasó la mano por la cara y le dio la espalda, apoyándose en la encimera con la cabeza gacha. Aunque no le estaba pidiendo demasiado, no acababa de entender su reacción.

—Solo quiero saber si estás de mi lado —repitió, y entonces se dio cuenta de que su silencio era la respuesta—. No lo estás, ¿verdad?

—Solo estoy diciendo que, legalmente, Kell tiene razón.

—No estamos hablando de Kell, estamos hablando de ti y de mí. Y si sientes lo mismo que yo, entonces la respuesta es simple. Deberías querer lo que es mejor para mí. Aunque estás siendo un autentico capullo ahora mismo, todavía siento algo por ti, Allan. Aún te defiendo.

—Me alegro de saberlo. Nunca te he tenido de mi lado.

Jessi empezó a temblar al asimilar sus palabras. Sentía rabia.

—No puedo creer que vayas a darle la vuelta a esto. Las últimas semanas han sido intensas. Han cambiado mi vida y me han hecho ver las cosas de una manera completamente diferente. Pensé que anoche habíamos compartido algo profundo, pero te comportas como si nada hubiera pasado entre nosotros.

Tuvo que dejar a Hannah en su silla, con su biberón, porque las emociones la superaban y no se sentía bien.

Allan se volvió para mirarla, pero rápidamente apartó la vista.

–Tranquilízate.

–No me digas eso –replicó–. Estoy tranquila. Solo necesito que des algunas respuestas.

–Bueno, no sé qué decir. El tiempo que hemos pasado juntos ha sido intenso, pero no es real. Ambos sabemos que nuestras vidas están en California y, a pesar de lo que pueda decir, somos muy diferentes para tener una relación. Estos días han sido estupendos y siempre los recordaré, pero no tienen sentido en nuestra vida real por mucho que pretenda fingir lo contrario.

–¿Fingir? –dijo Jessi sacudiendo la cabeza–. Anoche vi al verdadero hombre, al que hay detrás de los grandes gestos y las ingeniosas bromas. Anoche conocí a un hombre que no necesita ir por ahí impresionando a nadie, que tiene la inteligencia para saber que lo único que necesita es tener a las personas adecuadas a su lado.

–Hay una parte de verdad en eso –admitió–. Siento algo por ti, pero es solo porque hemos compartido una serie de circunstancias. Esto no es real y no puedo fingir lo contrario y tú tampoco.

–Anoche no estábamos fingiendo, al menos yo no.

–Anoche pensábamos que íbamos a morir en esta casa. Hoy…

–Hoy te estás comportando como el hombre que supongo que eres, Allan. Eres un cobarde. Nunca pensé que fueras tan mezquino. A pesar de nuestros desencuentros, siempre tuve respeto por ti. Por tu relación con John y tus primos pensé que eras un hombre con corazón, un hombre no solo digno de mi admiración sino de mi amor. Pero ahora veo que no eres más que una sombra.

—¿Eso es todo? —dijo Allan, cruzándose de brazos.

—Sí. Voy a llevarme a Hannah a casa en cuanto podamos salir de la isla. Organizaremos un calendario de visitas a través de nuestros abogados.

—Me parece bien. Yo me quedaré aquí hasta que deje todo resuelto con la compañía de seguros. Por suerte, no ha habido tantos daños como habría sido de esperar. Me pondré en contacto contigo cuando vuelva a California. A menos que tengas alguna objeción, he decidido contratar a James como el encargado del hotel.

Jessi sacudió la cabeza.

—Realmente lo único que te preocupa eres tú, ¿verdad? Pensé que había conocido a un hombre que no era tan superficial, pero creo que me he equivocado.

Tomó a Hannah en brazos y salió de la cocina con el corazón roto. Desde el momento en que se habían conocido, se había dado cuenta de que no era el hombre que fingía ser. Había albergado esperanzas de que así fuera, y estaba muy enfadada consigo misma por haberse hecho ilusiones con Allan McKinney.

Capítulo Catorce

Jessi no tuvo tiempo de dormir al llegar a California. Sus hermanas la recogieron en el aeropuerto y se fueron directamente a su casa. Mientras charlaban en el patio, Jessi empezó a tener una nueva visión de sí misma a raíz de su humillante confesión a Allan.

—¿Podéis cuidar alguna de Hannah esta tarde?

—Claro —contestó Cari—. ¿Por qué?

—Tengo la reunión con Jack White y, aunque los primos Montrose estén empeñados en creer que estoy eludiendo mis responsabilidades, voy a conseguir lo que me he propuesto.

—Iré contigo —dijo Emma.

—¿Por qué?

—Porque necesitas a alguien que se asegure de que la parte económica tiene sentido. Kell te crucificará si no es así. Es tu idea, yo solo estaré allí para confirmar que los números cuadran —intervino su hermana mayor.

—Gracias —replicó Jessi.

Volvió la mirada hacia el océano Pacífico. Hacía un bonito día soleado y nada parecía haber cambiado. Pero por dentro se sentía dolida con Allan y eso la enfurecía. Tenía que admitir que era dolor e ira lo que la movía en aquel momento. Quería hacer todo lo posible por demostrar su valía a los herederos Montrose, especialmente a Allan, que había sido un cobarde y...

No quería seguir dando vueltas a aquello.

—Cuéntanos más de lo que has hecho en Carolina del Norte, Jess —dijo Cari.

—No hay mucho más que contar —replicó Jessi—. Ha sido muy duro tener que organizar el entierro de Patti e ir a ver a su madre. Y luego el huracán...

—¿Y qué nos cuentas de Allan? ¿Pasó algo entre vosotros?

—No.

—Mentirosa —dijo Emma—. Te comportas como cuando Cari pretendía hacernos creer que Dec no tenía nada que ver con DJ o con ella. No nos tomes por tontas. ¿Qué ha pasado con Allan?

Jessi miró a su hermana mayor y, de pronto, volvió a sentirse como si tuviera ocho años.

—Me he enamorado de él, pero él no siente lo mismo. He metido la pata y ahora solo quiero olvidarlo.

—Cuánto lo siento, cariño —dijo Cari.

Emma fue a sentarse al lado de Jessi y la rodeó con sus brazos.

—El amor es un asco.

—Estoy de acuerdo —convino Emma.

El marido de Emma había muerto en un accidente de coche. Era piloto de la Fórmula Uno y había perdido la vida cuando Emma estaba embarazada de su hijo.

–Para ti es peor –dijo Jessi–. Estoy siendo inmadura.

–No es peor para unos que para otros. Cuando te enamoras de alguien y deja de estar en tu vida, sea por el motivo que sea, es doloroso. No queda más remedio que aprender a vivir con ello y pasar página –señaló Emma.

–Pero ¿cómo se supone que voy a hacerlo? Nunca he sentido nada por un hombre como ahora.

–Es diferente para cada persona. Guardo en mi mesilla de noche la necrológica de Helio y la releo cada vez que pienso que su pérdida es fruto de mi imaginación.

Jessi abrazó a su hermana. Emma siempre se mostraba fuerte y le sorprendía descubrir lo vulnerable que era.

–¿Qué es lo que te ha hecho cambiar para permitir que Allan entrara en tu vida?

–No era mi intención. Podría decir que la culpa la tiene Hannah, pero lo cierto es que últimamente no he pasado una buena temporada. La adquisición de Playtone me ha hecho darme cuenta de que la vida cambia y también las prioridades. No pretendía enamorarme de Allan. Es guapo y todo eso, pero a veces puede resultar insoportable.

–Tú tienes que saberlo mejor que nosotras –dijo Cari–. A mí siempre me ha parecido muy agradable.

Emma miró a Cari.

–Todavía lo odio por lo que te hizo, Jess.

Jessi sonrió a sus hermanas mientras caía en la cuenta de algo en lo que no había reparado en toda su vida. Se tenía por la hermana rebelde e independiente, y se le había pasado por alto el hecho de que sus hermanas siempre la habían respaldado. No importaba que tuvieran una opinión diferente de las cosas o que discutieran por algo. Al final, siempre estaban de su lado.

—Gracias, chicas —dijo con una sonrisa.

Desde un rincón oyó a Sam hablándole a sus primos. Hasta hacía poco más de tres años, ellas eran las únicas herederas de los Chandler, y ahora tenían una nueva generación pisándoles los talones. Jessi no necesitaba más pruebas de lo mucho que cambiaba la vida por más que intentara impedirlo.

—De nada, pero ¿qué hemos hecho? —preguntó Cari sonriendo.

Su hermana pequeña tenía un corazón tan generoso que había momentos en los que a Jessi le había parecido demasiado frágil. Pero eso había cambiado en las últimas semanas y entendía la verdadera fuerza que emanaba de amar a alguien. Lo había comprobado con Hannah y, aunque odiaba admitirlo, también con Allan.

—Me habéis recordado que no estoy sola, que a pesar de que muchas veces he pensado que lo estaba, lo cierto es que os tenía a mi lado —dijo Jessi, y respiró hondo para evitar emocionarse.

Después de años convencida de que no era tan buena chica como Emma y Cari, por fin podía aceptarse tal y como era.

—Por supuesto que nos tienes. Somos hermanas y la sangre tira.

—Y es una relación más de fiar que con cualquier hombre —sentenció Jessi, y al ver la expresión de confusión de Cari, añadió—: Tú eres la excepción que confirma la regla.

—No quiero serlo. Quiero que vosotras también encontréis un hombre que os ame tanto como Dec me ama, un hombre que os haga felices.

Jessi deseaba creer que en alguna parte había un hombre así esperándola, pero sabía que no era así. Era inconstante en sus emociones y, como Emma había dicho, era difícil sobreponerse al amor. Jessi tenía la sensación de que nunca dejaría de amar a Allan, ni de estar enfadada con él por no amarla.

Allan miró a sus primos en la sala de juntas, pero se mantuvo al margen de su conversación sobre los partidos de la NBA. Nunca se había sentido tan vacío como desde que Jessi había salido de su vida. Y todo por su culpa. La había dejado marchar. La había empujado a hacerlo, convencido de que una ruptura rápida sería más fácil. Pero se había equivocado.

Nunca en su vida se había sentido tan triste de levantarse solo cada mañana. La había estado evitando desde su vuelta a Los Ángeles porque quería asegurarse de que se la quitaba de la cabeza.

Resultaba patético incluso para sí mismo. La echaba de menos. Aunque quisiera impedirlo, le resultaba imposible. El hecho de poder verla era la única razón por la que había ido a la oficina ese día. Había estado trabajando desde casa, cada día más desaliñado y convertido en un miserable ermitaño.

La semana siguiente iba a quedarse con Hannah por la primera vez desde su vuelta, y ni siquiera eso era suficiente para sacarlo de su malestar.

—¿Allan?

—¿Eh?

—Despierta —dijo Kell—. No sé qué te ha pasado en Carolina del Norte, pero desde que has vuelto te comportas de manera muy extraña. Necesito que pongas los cinco sentidos. Creo que Jessi trama algo. No me ha dicho de qué quería hablarnos en esta reunión, pero ha insistido en que estuviéramos los tres.

—La última vez que la vi estaba muy enfadada. No se me ocurre qué puede querer de nosotros —dijo Allan.

Se quedó pensativo. Muchas cosas habían cambiado desde el huracán de hacía casi un mes. Parecía que había transcurrido una eternidad y se enfrentaba a una nueva vida, una en la que Jessi no era su enemiga sino su... ¿qué? No tenía la respuesta y sabía que debía averiguarla.

—Apuesto a que quiere demostrarnos que estamos equivocados, Kell. Es una luchadora y nos tiene acorralados. Va a acabar saliéndose con la suya.

—¿Eso piensas? —preguntó Dec.

El tercer primo estaba de pie junto a la ventana, disfrutando de aquel soleado día de octubre.

—Lo sé —respondió Allan.

Por primera vez desde que salió de su vida, sentía que estaba recuperando la energía. La había echado de menos más de lo que estaba dispuesto a admitir, incluyendo sus discusiones.

–He sido un estúpido –añadió.

–Seguramente –intervino Dec–. En mi casa, tu reputación está por los suelos.

–¿Cari me odia?

–No creo que sea para tanto, pero está enfadada contigo y dice que le das pena.

Seguramente las hermanas de Jessi lo sabían todo y conocían su miedo a enamorarse.

–¿Qué demonios pasó en Carolina del Norte? –preguntó Kell.

–Digamos que intimamos.

–¿Que intimasteis? ¿Te has enamorado?

–Es evidente –contestó Allan–. Pero no tienes de qué preocuparte. Te he respaldado y me he mantenido leal a mis raíces como heredero Montrose.

«Pero ¿a qué coste?», se preguntó.

Sabía muy bien que había usado a Kell y a la enemistad entre sus familias como excusas para mantenerla apartada, y en aquel momento se daba cuenta de que se había comportado como un estúpido. Había deseado a Jessi desde el primer momento en que la había visto.

–Gracias por tu lealtad –dijo Kell–. Sé que os lo he puesto difícil a ambos.

–Es cierto, pero esta aventura la empezamos juntos –señalo Allan–. No estoy hecho para compartir mi vida con nadie.

180

–No tengo ni idea de esas cosas. Ninguno de nuestros padres fue buen ejemplo de cómo amar a una mujer y ser feliz –dijo Dec.

En aquel momento llamaron a la puerta.

–Ya seguiremos esta conversación más tarde –intervino Kell, visiblemente irritado.

–Adelante –dijo Allan.

La puerta se abrió y entró Jessi, aunque a Allan le costó reconocerla. Llevaba un corte más clásico de pelo. Vestía un sobrio traje de chaqueta que le daba un aspecto aburrido. Parecía reprimida.

Él le había hecho aquello, pensó. Había acabado con su vena rebelde en Hatteras al decirle que lo que habían compartido había sido debido a las circunstancias y no a sus verdaderos sentimientos.

De repente, todos sus miedos desaparecieron, no era un cobarde como ella le había dicho. No había escapado de algo que quería; tenía intención de reclamarla. Trató de llamar su atención, pero no miraba en su dirección.

A medida que la reunión avanzó y fue explicando el acuerdo que había alcanzado con Jack White, Allan se dio cuenta de que la había perdido. Se mostraba fría y distante. Cada vez que alguno de ellos hacía una pregunta, ella respondía con voz calmada y tranquila, y lo ignoraba.

Allan temía haberse dado cuenta de su error demasiado tarde. Cuando terminó su presentación, dirigió una rápida mirada hacia él. Fue suficiente para darle esperanzas de que todavía estaba enamorada de él. Tenía que ser así. Jessi no era una mujer caprichosa y no podía enamorarse a la ligera.

—Tendremos que estudiarlo, pero pronto nos pondremos en contacto contigo —dijo Kell.

—Por supuesto —replicó Jessi.

Se levantó y salió de la sala sin decir nada más.

Allan tomó la carpeta que estaba delante de Kell y empezó a revisar las cifras. Era un buen plan de negocio. Jessi había hecho mucho más de lo que esperaba de ella, y estaba impresionado por su talento. Era enérgica, inteligente, sexy y se sentía desbordado de amor por ella.

—Esto es mucho más de lo que le habíamos pedido —fue todo lo que pudo decir.

—Lo sé. Creo que vamos a tener que ofrecerle un puesto en la nueva compañía —reconoció Kell.

—¿Puedes hacerme un favor? —preguntó Allan—. Creo que me puede llevar meses recuperarla si no me ayudáis.

—Dinos qué necesitas —intervino Dec.

—¿Voy a tener alguna prima política que no sea una Chandler? —farfulló Kell, tratando de disimular una sonrisa.

—No —dijo Allan, impaciente—. ¿Podemos decirle que hoy mismo tomaremos una decisión y pedirle que vuelva a las siete?

—De acuerdo —respondió Dec, y salió para hablar con Jessi.

Allan estaba entusiasmado con su plan y sabía muy bien lo que tenía que hacer para recuperar a la única mujer con al que quería pasar el resto de su vida.

***

Jessi no sabía cuál sería la decisión ni por qué tenía que volver esa tarde a las siete a las oficinas de Playtone, pero dado que los Montrose tenían la sartén por el mango, hizo lo que le pidieron.

Después de haber visto a Allan, se sentía desolada. Había pensado que sería capaz de controlar sus emociones, pero en aquel momento se dio cuenta de que eso nunca ocurriría. Mantener un puesto de trabajo en el que se viera obligada a verlo a diario le resultaba... tentador.

Había dejado a Hannah a cargo de Cari. Mientras aparcaba su BMW descapotable, pensó en lo difícil que había sido estar en la misma habitación que Allan y no mirarlo. Pero se sentía satisfecha de haber sido capaz de contenerse, excepto por una rápida mirada que le había dirigido y que la había dejado sin respiración y con el pulso acelerado.

Fuera lo que fuese que le dijeran esa tarde sobre su trabajo, iba a tener que buscar la manera de sacarse a Allan de la cabeza y del corazón para no criar a Hannah con amargura hacia el amor.

Salió del coche y se dirigió hacia el edificio, confiando en encontrarse con el vigilante. En su lugar, estaba Allan. Vestía un elegante traje negro con una corbata gris, y llevaba el pelo peinado hacia atrás, rozándole el cuello de la chaqueta. Parecía cansado y, por primera vez desde que lo conocía, la observó atentamente antes de hablar.

–Si está aquí, supongo que es porque habéis decidido despedirme –comentó Jessi antes de que pudiera decir nada.

–No saques conclusiones antes de tiempo.

–Créeme, he dejado de hacerlo.

Allan maldijo para sus adentros.

–¿Confías en mí? –le preguntó.

Ella se quedó mirándolo fijamente y respiró hondo.

–¿Quieres saber la verdad?

–Siempre.

Jessi asintió con la cabeza.

–Confío en ti. Sé que eres capaz de romperme el corazón y decepcionarme.

–Jessi, eso no es cierto. Nunca he pretendido romperte el corazón. ¿Cómo iba a hacerlo?

Ella no contestó.

–Lo siento. No debería haberte dejado marchar de Carolina del Norte en aquellas circunstancias, pero tenía miedo. Tenías razón cuando dijiste que habíamos cambiado en las semanas que llevábamos juntos. Lo cierto es que no estaba preparado para que todo fuera diferente entre nosotros. Todavía estaba asimilando la pérdida de mi mejor amigo a la vez que descubría que la única mujer a la que creía que siempre había odiado era la mujer a la que amaba.

Se quedó escuchando sus palabras, deseando que fueran ciertas. De pronto recordó que Allan siempre era sincero cuando hablaba. Sintió un rayo de esperanza cuando acortó la distancia que los separaba e hincó una rodilla en el suelo.

–Te lo suplico, Jessi, perdóname y dame otra oportunidad.

Ella se quedó mirándolo, con un millón de pensamientos dándole vueltas en la cabeza. Había habido algo entre ellos desde el principio.

–Yo también te he echado de menos. Creo que me había acostumbrado a nuestras rutinas y a estar juntos durante el día.

–Siento no haberte dicho nada antes, pero me costaba admitir lo equivocado que estaba en muchas cosas.

–Me has hecho daño, Allan.

–No volveré a hacerlo –le prometió–. Te quiero, Jess. Pensaba que si no pronunciaba esas palabras, no me sentiría vulnerable frente a ti. Pero estaba equivocado.

Se sentía ridícula allí de pie ante él, así que se arrodilló, lo rodeó con sus brazos y lo besó.

–Te daré otra oportunidad, pero si lo estropeas…

–Por supuesto que no –dijo, mientras la besaba y le acariciaba el pelo–. ¿Me prometes una cosa? Quiero que seas tú misma. Nada de trajes como este, ¿de acuerdo?

Jessi rio.

–De acuerdo.

–Tengo algo más que enseñarte.

Se levantaron y subieron a la sala de reuniones en la que sus primos y las hermanas de ella esperaban. Había un cartel con su nombre en el que se leía «Enhorabuena».

–Bienvenida a Playtone–Infinity Games –dijo Kell–. Ha sido un gran triunfo por tu parte.

–Gracias, no me lo pusiste nada fácil.

–Nada que merezca la pena lo es.

Todos fueron dándole la enhorabuena y, al ver a Allan tomando a Hannah de brazos de Cari, Jessi sintió que por fin había conseguido lo que tanto deseaba. Allan la rodeó con un brazo mientras con el otro sujetaba al bebé. Tenía un hombre en el que podía confiar, unas hermanas que la adoraban e iba a formar su propia familia.

–Una cosa más –le dijo Allan.

–¿El qué? –preguntó Jessi.

Sacó un pequeño estuche del bolsillo y se lo ofreció.

–¿Quieres casarte conmigo?

Ella se quedó mirándolo fijamente. La había sorprendido y había tomado la iniciativa. La sonrisa de sus labios lo decían todo.

–Sí, me casaré contigo.

No te pierdas, *Juegos prohibidos,*
de Katherine Garbera,
el próximo libro de la serie
Amantes y enemigos.
Aquí tienes un adelanto…

Con una sonrisa forzada, Emma Chandler recogió su bolso Louis Vuitton y salió de la sala de reuniones con la cabeza bien alta. Bastante difícil le resultaba estar en la guarida de Kell Montrose, el rival de su familia desde hacía mucho tiempo. Por si eso no fuera suficientemente desagradable, ver a sus hermanas pequeñas felizmente enamoradas de los primos de Kell, Dec y Allan, era otra puñalada en el corazón.

Una sensación de soledad la invadió. Debería olvidarse de mantener su puesto en la junta directiva de Playtone-Infinity Games y cederle la victoria a Kell. Claro que ese no era su estilo, aunque por mucho que tratara de evitarlo, parecía estar a punto de salir de la compañía a la que había entregado su vida durante los últimos cuatro años.

La toma hostil había sido toda una sorpresa, a pesar de que hacía tiempo que sabía que Kell Montrose estaba buscando la manera de hacerse con Infinity Games y echarla abajo. Daba igual que su abuelo, el hombre al que Kell tanto odiaba, estuviera muerto y enterrado o que la compañía no fuera tan bien desde que estaba bajo su dirección. Había tenido la esperanza de encontrar el alma y el corazón de Kell bajo su férrea fachada.

En su lugar, había encontrado a un hombre sediento de venganza y sus dos hermanas, a pesar de sus buenas intenciones, habían acabado enamorándose del enemigo. También habían demostrado que eran indispensables, y habían asegurado sus puesto de trabajo en la nueva compañía resultante de la fusión. Las dos habían encontrado su lugar excepto ella. Al igual que sus hermanas, tenía la oportunidad de demostrar su valía, pero sabía que era a ella a quien más odiaban Chandler y Kell.

Había sido testigo de la humillación que había sufrido a manos de su abuelo y no le cabía duda de que Kell no iba a permitir que se quedara más de lo necesario. Le había dado cuarenta y ocho horas para que se le ocurriera una idea rompedora o se fuera. Estaba convencida de que se le ocurriría algo, pero no confiaba en que fuera a darle un trato justo.

Cuando llegó el ascensor se metió y fue a darle al botón de cerrar puertas. Quería estar sola. Justo cuando las puertas empezaron a cerrarse, una gran mano masculina se interpuso para impedirlo.

Al ver a Kell entrar en el ascensor gruñó para sus adentros. Confió en poder seguir forzando la sonrisa, después de todo, ¿cuánto tardarían en llegar al vestíbulo, cinco minutos?

–¿Te sientes como el Llanero Solitario, verdad? –preguntó.

Sus ojos eran de un tono gris plateado que siempre le había fascinado. Eran muy bonitos, pensó, pero también fríos y penetrantes.

–En absoluto, ¿por qué iba a sentirme así.

Bianca

**Sucumbió ante su seducción...
¡Y se quedó embarazada de un griego!**

AMOR EN LA NIEVE

JENNIE LUCAS

Era lo último que deseaba, pero el multimillonario griego Ares Kourakis iba a ser padre. Estaba dispuesto a cumplir con su deber y a mantener a Ruby a su lado, incluso a casarse con ella. Lo único que podía ofrecerle era una intensa pasión y una gran fortuna, ¿era suficiente para que Ruby accediera a subir al altar?

Acepte 2 de nuestras mejores novelas de amor GRATIS

¡Y reciba un regalo sorpresa!

Oferta especial de tiempo limitado

Rellene el cupón y envíelo a

Harlequin Reader Service®
3010 Walden Ave.
P.O. Box 1867
Buffalo, N.Y. 14240-1867

¡Sí! Por favor, envíenme 2 novelas de amor de Harlequin (1 Bianca® y 1 Deseo®) gratis, más el regalo sorpresa. Luego remítanme 4 novelas nuevas todos los meses, las cuales recibiré mucho antes de que aparezcan en librerías, y factúrenme al bajo precio de $3,24 cada una, más $0,25 por envío e impuesto de ventas, si corresponde*. Este es el precio total, y es un ahorro de casi el 20% sobre el precio de portada. ¡Una oferta excelente! Entiendo que el hecho de aceptar estos libros y el regalo no me obliga en forma alguna a la compra de libros adicionales. Y también que puedo devolver cualquier envío y cancelar en cualquier momento. Aún si decido no comprar ningún otro libro de Harlequin, los 2 libros gratis y el regalo sorpresa son míos para siempre.

416 LBN DU7N

Nombre y apellido	(Por favor, letra de molde)
Dirección	Apartamento No.
Ciudad	Estado	Zona postal

Esta oferta se limita a un pedido por hogar y no está disponible para los subscriptores actuales de Deseo® y Bianca®.
*Los términos y precios quedan sujetos a cambios sin aviso previo.
Impuestos de ventas aplican en N.Y.

SPN-03   ©2003 Harlequin Enterprises Limited

Deseo

*Un testamento que iba a traer
una herencia inesperada...*

SEIS MESES PARA ENAMORARTE

KAT CANTRELL

Para ganarse su herencia, Valentino LeBlanc tenía que intercambiar su puesto con el de su hermano gemelo durante seis meses y aumentar los beneficios anuales de la compañía familiar en mil millones de dólares, pues así lo había estipulado su padre en su testamento. Sin embargo, para hacerlo, Val necesitaría a su lado a Sabrina Corbin, la hermosa ex de su hermano, que era, además, una *coach* extraordinaria. La química entre ambos era explosiva e innegable... y pronto un embarazo inesperado complicaría más las cosas.